我宁愿在北上广哭着拼命

WO NINGYUAN ZAI
BEISHANGGUANG KUZHE PINMING

时光小偷 著

SPM
南方出版传媒
广东人民出版社
·广州·

图书在版编目（CIP）数据

我宁愿在北上广哭着拼命 / 时光小偷著. 一 广州：广东人民出版社，2018.4（2019.9重印）
ISBN 978-7-218-12504-6

Ⅰ. ①我… Ⅱ. ①时… Ⅲ. ①散文集－中国－当代Ⅳ. ①I267

中国版本图书馆CIP数据核字（2018）第015130号

WO NINGYUAN ZAI BEISHANGGUANG KUZHE PINMING
我宁愿在北上广哭着拼命
时光小偷　著

出 版 人：肖风华

责任编辑：向路安
装帧设计：李俏丹
责任技编：周　杰 周星奎

出版发行：广东人民出版社
地　　址：广州市珠海区新港西路204号2号楼（邮政编码：510300）
电　　话：（020）85716809（总编室）
传　　真：（020）83780199
网　　址：http://www.gdpph.com
印　　刷：天津兴湘印务有限公司
开　　本：889毫米×1194毫米 1/32
印　　张：8.5
字　　数：180千
版　　次：2018年4月第1版 2019年9月第2次印刷
定　　价：36.00元

如发现印装质量问题，影响阅读，请与出版社（020-85716849）联系调换。

目录

CONTENTS

Part 1

我宁愿在北上广哭着拼命

目录

CONTENTS

Part 2

除了拼命，没有别的选择

Part 3

不去抱怨，让自己笑起来

Part 4

与其昼夜焦虑，不如专心努力

目录

CONTENTS

Part 5

善良的人，不会总吃亏

目录

CONTENTS

Part 6

与命运赛跑，要有足够的速度

1
Part

我宁愿在北上广哭着拼命

大城市，即使你身处在拥挤的地铁和人群中，依然感觉到自己每天活得真实而精彩，这种生而为赢的充实，别人同样给不了。

你不坚强，谁会带你奔跑

1994年，志酬意满的她满怀理想和期待来到北京，开始行走原创作品之路，同时也决定了由自己担任主唱。单曲《蒙古骑士》是那个时期的第一部作品。

初到北京，她和大家住一流招待所，吃用着深圳积攒的家底，每个人的心中都在谋划着一幅宏伟的蓝图。但是，一个月过去了，还没有找到出路，钱花得快见了底儿，甚至到了一天一包方便面或集体饿着的地步，不得不搬到一个破旧的小旅馆里。当最后的钱也花得精光时，她只有跑到邮局给家人打求助电话，就在柜台交钱的一刹那，她猛然发现自己兜里连打电话的钱都不够了，霎时，眼泪控制不住地滚落下来，她哭得钻心裂肺。

弹尽粮绝时，一伙人终于找到了一个酒吧去演出。有些音乐人一直拒绝酒吧，认为掉价，她可不这么想。“酒吧是会让人磨去一些音乐感觉，因为重复。但是那里能培养现场感，而且在和声时也训练了我的唱功。我什么也不怕，什么也不后悔”。难得的是没一个人垂头丧气，一个个斗志昂扬，不思反悔。每逢说到这些，她脸上都袒露着很平淡的微笑。

谁说的不重要，重要的是这个信念就像是热焰升腾的火炬，照亮了她昏暗的天空。“这个世界上根本就没有绝路，一个坚强的人是总会发现希望的”。就在骑士乐队面临分崩解散时，斯琴格日乐的旧友雪中送炭般突然出现在她寄居的那个破旧的小旅馆中。朋友是来看望另外一个朋友的。知道她们的窘境后，不由分说塞给她一千元钱。

一千元钱不多，却挽救了整个乐队，也给她和伙伴们带来了好运。三天后，天星公司找上门来，希望和她的骑士乐队签约。进入天星后，乐队的整体就显得微不足道了，因为公司的目标是针对每个个体施加压力，有的人渐渐承受不住退出了天星，直到一年后乐队解散。

而那段时期，她则创作了大量作品，后来她把它们小心地收藏了起来，在她的思维理论里有一根善良的骨架，太悲伤的歌不应该让人们听到只能留给自己，人都需要有向上的积极因素相互鼓励着去迈向新生活。

她最后一个离开天星，是她事业上的贵人——著名音乐人臧天朔的一个电话改变了她的命运。

那天，斯琴格日乐在酒吧里弹琴唱歌，臧天朔就坐在下面看演出，有人悄悄地告诉她，臧天朔应该是来找贝斯手的，示意她好好表现。她一点都不在意，她不觉得这种好幸运的事情会落在自己的头上。

然而，几天后，臧天朔的电话就打来了，“格日乐，愿意做我们乐队的贝斯手吗？”她以为是朋友在模仿臧天朔逗她开心，无论如何都不相信。电话线的那一端又传来声音，“我让你的朋友跟你说话。”臧天朔旁边的人（酒吧乐队里的鼓手）对她说：“来吧，这是真的。”

仿佛天边的乌云都躲藏了起来，阳光洒满祥和的草原，一派云蒸霞蔚。

就这样，她成为臧天朔乐队中的一员，担任贝斯手。唯一的一张女性面孔在乐队中十分扎眼，很快就引起了圈里人的关注。而臧天朔呢？很有大气之笔。在自己的演唱会上，把她邀做嘉宾，在那台晚会上，她拿着自己可爱的小贝斯，边弹边唱，边歌边舞，声音空远嘹亮，形象静动皆宜，一时惊动四座。

自从跟随臧天朔乐队演出以来，机会就像是长了腿，不请自到。她不断有机会在各种场合演唱自己的作品，同时也颇得臧天朔的赏识，并答应为她筹备专辑以及亲自担任制作人。

无数个寒暑日夜过去，这一天终于等来。2000年年底，斯琴格日乐终于推出自己第一张个人专辑《新世纪》。专辑中的几首单曲，在各地的榜单上都已获得不俗成绩，专辑一经推出，即得到北京等地很多新闻媒体关注。虽然词曲方面都是由她自己一手包办，但在编曲和制作上都得到了前辈臧天朔的鼎力相助。

有人说斯琴格日乐现在之所以这样火，全都得归功于臧天朔。对此斯琴格日乐没有回避，“其实我觉得最正确的说法应该是我非常感谢臧天朔。大家可能也都知道，我能到今天这个地步跟他有直接的关系，因为他给了我好多机会。刚开始唱歌的时候，在他的乐队里，他让我去唱，真的是他给了我很多自信，后来他又给我机会让我在中央电视台或大型演出中去唱自己的歌。

“因为对于每一个歌手来说，这样的机会并不是很多，尤其对于我这种只做乐手不做歌手的人来说，这种机会就更少了，所以我觉得在这方面，他确实起了关键性的作用。”对臧天朔的感激之情显而易见。

当初，作为乐队里唯一的一个女性成员，斯琴格日乐却从来没有感觉到自己有任何优越感。对自己的清醒足见一斑。“作为一个女孩，要想在一个乐队里生存，你就必须跟他们保持同样的心态，必须跟他们保持同样的技术水平。而且并不能因为你是一个女孩就不背自己的琴，不拿自己的行李。其实你跟大家都是一样的，要跟他们干同样的工作。所以有时候，我觉得对于女孩来说可能会更难一些吧。”

的确，斯琴格日乐刚开始加盟乐队时，大家都对她有一种怀疑态度，不知道她能不能胜任这项工作，后来时间长了他们就把她跟男孩子一样看待了，跟一个同事一样看待了。这时，格日勒才找到自己的位置。

2001年，斯琴格日乐成了名扬大江南北的当红歌手，奇迹般地连获几项大奖，有半年多光景穿梭在云层中到各地巡演，忙得不可开交。她的“幸福的新世纪”绝不是等来的，而是“一直坚强奔跑”后找到的，只是这一找就是十年，足够漫长，也足见其内心的坚韧。

可以放过自己，但不能放弃自己

1

妹妹已经是第四次买隐形眼镜了，但是一次也没有戴成功过。她非常懊恼地问我：“为什么我那么笨，就是戴不上去？不管戴多久，感觉根本放不到瞳孔上，我注定就要丑下去了吗？”

为了让自己好看一点，她真的不想再戴眼镜了。可是，她有预感，这次隐形眼镜还是会以过期告终。

我说：“你戴眼镜也没有不好看啊。”

她说：“不行，眼镜戴久了，眼睛会变形，太丑了。我无论如何要把隐形戴上。”

其实，不必勉强啊，变美的方式有很多种，不是只有戴隐形这一种。

妹妹的事让我想起了我身边的一些朋友。

2

先是一个男生朋友，在上海的这几年，从一个不会搭配衣服的菜鸟进化成了一个穿衣品味特别高的白领型男，但最致命的一点却是——他太矮了！

为了能够吸引女生的注意，每次穿鞋都要加增高垫。可是，日子久了，就有个问题，他的脚后跟特别痛。即使如此，他依旧“锲而不舍”，从来不肯将增高鞋垫脱掉，导致一次体检的时候，医生告诉他，长期穿戴增高鞋垫，膝盖可能会出现问题。

然后是一个女生朋友，为了多赚点钱，总是争取加班的机会。经常凌晨3点还在处理工作，第二天一大早6点又起床去挤地铁上班，每天睡眠时间连四个小时都没有，结果导致她满脸痘痘，精神萎靡。

还有一个朋友，她根本不能喝酒，可上司总喜欢带着她喝酒。一开始，我让她拒绝，她说完全没办法，如果不混酒局，就无法扩展自己的人脉。结果，酒一杯一杯地喝，人脉一点一点地扩，她却隔三岔五就要去医院拿药。

这几个朋友的生活都可以用两个字概括——硬撑！我相信，每一个离开家乡，到大城市打拼的年轻人，都希望通过自己的努力，打拼出一片属于自己的天空。可是，打拼不代表拼命啊。

3

很多20来岁的年轻人都特别迷茫，害怕自己拥有的不够多，又害怕时间太快自己赶不上，所以总是把“做最好的自己”当作座右铭。可是，努力需要讲究方法，打拼需要讲究技巧，不是一味地付出和透支，就能换来最好的自己。

记得上学的时候，班上有一个非常努力的女生，每次下课第一时间就冲到讲台上去问老师题目，每天做题做到食堂的菜都冷了才下去吃，每天都想着自己要努力、要进步、要成为班上的佼佼者。可是最后，她依旧没有考过那些看起来不怎么努力，随随便便就拿下年级第一的同学。

当时，我同桌觉得她太累了，就去开导她，要注意身体，题是做不完的。

结果，那个女生反而把我同桌骂了一顿，说，你们这些不努力的人，有什么资格看不起别人！我同桌特别委屈，说只是不想看她每天都吃冷饭冷菜，因为那样伤胃，特别容易得胃病。

努力打拼、积极进取，当然没有错。只是他们可能没有意识到，付出之后却没什么成果，可能问题不是出在他们不努力上，而是出在他们用力的方式上。

4

那个总是穿增高垫的男生，有一次遇到了一个女生，他很喜欢，女生也看上了他。可是时间一长，女生就发现了他增高垫的秘密，第二天就没有再和他联系。女生觉得男生欺骗了她。

那个满脸痘痘的女生，终于拿到了她的加班工资。可是在公司有重要项目的时候却一病不起，反而错过了升职加薪的机会。

而那个每天与酒搏斗的女生，终于找到了机会跳槽，以她手上的人脉资源为筹码，工资翻了三倍。可是体检报告却告诉她，她的肝出现了严重的问题，一方面和她喝酒有关，另一方面和她长期服药有关。

他们三个都曾给我打过电话倾诉，想让我好好地告诉他们到底错在哪里。最主要的是，他们都对自己失望透顶。

我们总是要经过一些修正，来弥补自己的缺陷，我觉得这没有问题。但是，我们不能勉强自己在一个错误的道路上死循环，明知有问题，却还不肯让步改道。

每一个风华正茂的年轻人都是用自己的青春去赌一个灿烂的明天，但怕的就是不放过自己。到最后什么都失去的时候，又破罐破摔，觉得自己什么都不是，自己什么都做不了，自己就是最差劲的那一个。

其实，物极必反，努力是好事，但逞能却是对自己的一种刻薄。当你过度透支自己的时候，请对自己好一点；当你失败的时候，也请千万别破罐破摔。

回头去想，或许不是我们前进的方向不对，或许一开始我们就没有找到正确前进的方式。不是每一次出发，都能成功地到达，但是，只要终点不变，保持行走，你一样可以用别的方式抵达。

在大城市打拼，很勇猛也很疲惫，我总会对自己和身边的人说一句，累了，请放过自己，但随时保持热情，也别轻易放弃自己。

人生有困境，但没有绝境

1

我信天命，但不会间歇性踌躇满志，持续性混吃等死。

信命有两个原因：一是打死我也想不到明天会发生什么，二是生活中有太多不确定，让人无法把握。所以，我更相信昨天带给我的经验教训和今天我要做的。

许多鸡汤写手告诉我，只要努力就能获得成功。

但实际上，想成功除了努力还有很多其他因素，比如机遇，比如有人赏识，比如你的外部环境发生改变，比如你持续努力20年或者30年，用时间慢慢来熬。努力是根本，但没有那些外部因素，你的努力一文不值。

A君是名教师，工作努力且一丝不苟。好的教案见过很多，但我没见过如此漂亮的教案，书写一笔一画，可以当作字帖来用；教案旁边作满批注，还有后面附着的体会及反思；他给学生批的作业，批语也是字斟句酌。

从20多岁开始工作一直是这种态度，可他到退休也是一名普通教师。我不提体制的原因，只是他退休后说了一句话：我努力了一辈子，年轻时也有梦想，可是一次次的机会都没有到我的头上。这不是个例，不是以偏概全。看看自己的周围，做到行业圈中佼佼者有几人？大部分人都是普普通通默默无闻。

也不要提要善于把握机会，不要说机会都是给有准备的人准备的。追逐名利的人谁不会努力准备并如饥似渴地看着机会？

朋友是做酒水批发生意的，开了一家门面，早起晚休，联系客户，全盘考虑又精打细算，他挣钱了吗？挣了。问他达到自己的预期目标了吗？他说收入与自己的付出根本不成正比。生意是有赔有赚的事，好多东西都不确定。

说到这，好像很是悲观，人活在世上，既然有那么多的不确定，那还混什么？走一步看一步，等着命运的安排算了。反正努力了也不一定有结果。

其实我更想说，人生苦短，没有那么多的时间死靠着看不到希望的事情来做。

山重水复疑无路，柳暗花明又一村，信命但不相信老天会一棍子把人打死，那么多的路，非要在一条路上走到黑吗？人生的困局有那么难破吗？

2

独孤九剑的要旨不是看对方的破绽，而是率性而为，不拘泥于固有的定式。

有个小朋友问我：老任，我在单位快闷死了，每天朝九晚五，重复着同样的事情，虽然我尽心尽力，可是生活就这样了。

我说，那你有爱好或者还想做其他事情吗？

他说，上班时间安排得很死，下班还要忙杂七杂八的事情，就是想做其他的事情，也没有时间啊。

我说，你衣食无忧，安乐死是个不错的选择。

既然你一眼就看到退休，努力了还是那样的结果，又不想做出改变，用这样或那样的借口，享受牢笼给你带来的安全感。那除了等死还有什么好的结果？

在工作上，虽然一切都已清晰明了，好多事情自己无法把握。但总有你能掌控的东西存在，就像是跟小朋友说的话：你有爱好或者想做什么吗？他没有，他的定式早就把它围困住了。

令狐冲跳出了紫霞神功，跳出了岳不群教他的剑法，用一种更洒脱的方式成就了自己。他有种种困局，但他不拘泥于定式，能掌控自己。人生中的困惑太多，有时候，打破自己固有的定式，不僵化，换另一种心态或生活方式，天地就会变成另一个样子。

3

李白说天生我才必有用，我更愿意把这句话理解为在每个人身上都有某个突出的优点。自己不发挥自身的优点，有什么办法？

前面所说的那位做酒水生意的朋友，他有自己的爱好。他非常喜欢字画，闲暇之余，经常与相同爱好的朋友交流，一点一点地收藏积累，经验也越来越丰富。时间一久，竟也炼出一副好眼力。在书画收藏界小有名气。后来，他将店盘给别人，专心做起了书画收藏。

后来我们交流，他说：生意场上的事情，好多东西我都无法掌控。而在书画上，我能在自己的能力范围内完全掌控，做起来也有信心。做自己心里特别有数的事情，是很快乐的。

为什么我们哪怕在苦闷中也不肯丢掉现在已经到手的东西？如同鸡肋，食之无肉，却也舍不得丢弃，毕竟还有味道。因为害怕，没有勇气，更重要的是没有掌控生活的信心，没有追求更好的发展的勇气。所以，我们宁愿在困局中等死，也不愿去做自己可以掌控的事情。

哀莫大于心死，只要心还在，还有不愿等死不愿任人宰割的心，有掌控自己命运的信念，发挥自己的优点与长处，会在困局中慢慢走出来。

4

相信天命，但不是消极等待，我信老天不会把所有的路都堵死。如果你敢跳出来，如果你有眼界、有格局。

张无忌是个武功高强的失败者，他是业界良心，为了明教的发展兢兢业业，立下莫大的功劳。然而就他的性格特点来说，他并不适合在这个圈里混，死撑到最后，还是干不过朱元璋。赵敏是聪明人，带他走出困局，抛却世间纷扰，逍遥于江湖。

我们身边没有赵敏，没有引路人指导着自己坚定踏实向前走，更多的是要依靠自己。

依靠自己的眼界和格局。

长久地从事于某一行业或者长期在一个单位，往往会在不自觉中浸染一些习气，也会慢慢认为世界就这样大。或者说，视野不宽阔，斤斤计较于眼前的得失利害，怎能会有眼界？

杨过在郭靖的家里，只要他能忍受郭芙等人欺凌的困局，也会生活不错。毕竟有郭靖和黄蓉可以教他武功，郭家又有那么多的关系，混个衣食无忧，甚至小有名声也不是没有可能。

然而他跳了出来，他不愿忍受那种生活，他向往自由自在的天地，更清楚自己的所爱和所要，所以他的成就甚至超过了郭靖。

眼界不高，在自己织就的藩篱中跳不出来，就永远找不到另一扇门在哪里。也唯有读书与阅历，可以在一点一滴中潜移默化地提升自己的眼界。

5

还是说，我信天命，相信世间有太多不可控。但我更相信，一扇门关上了，上天却不会把所有的门都关上。道路是自己选的，而不是命运强加的。总有一些东西是掌控在自己手中的，那为什么不把它们做到极致呢？

残酷的真相，别人不会告诉你

1

一两年前，我压力很大，暴饮暴食。快要崩溃的时刻，我会去超市疯狂采购，囤上几大袋高热量的垃圾食品，坐在石凳上边哭边往嘴里塞满食物，咀嚼、吞咽，撑到快要吐了也停不下来。

很快，我的体重飙升十几斤，从90斤出头的萌妹子一下子成了虎背熊腰的女胖子。

爸妈总是不嫌女儿胖的，我胖出了双下巴，脸颊两坨圆滚滚的肥肉。爸妈也只是说，是我以前太瘦了，现在“刚刚好”。

过年回家拜访长辈，老人家们也纷纷附和着说“不胖”“不胖”，更有能言善道之人笑盈盈地吹捧我，“胖一点更好，比原来还好看呢！”

有一次和爸妈出门散步，一位比较诚实的大妈见到我说了句“脸圆了嘛”，我妈立刻说“哪有啊”。对方会意，话锋一转，说起了圆润一点看着更顺眼的言论。

我恼恨于自己管不住嘴，体重和赘肉与日俱增，却在别人的评价里以为自己“胖了更好看”，大鱼大肉，大快朵颐，放纵自己在

20多岁的年纪里，小腹日益堆上一层层肥肉。

这一年里，我自然而然瘦了下来，曾经肿胀的圆脸，也慢慢恢复了瓜子脸清晰的轮廓。

我妈妈的一个朋友，在我最胖的时候见过我一面。前不久，她在我妈朋友圈看到我现在的照片，对我妈说："看到你女儿现在的样子，我也不担心我家女儿胖了，看来女孩儿会自然瘦下来的。"

而吐露这一番话之前，她也是附和说我"不胖不瘦""刚刚好"的人之一。

2

有个朋友，大专学历，一无所长，长得也不太好看，一口牙歪歪扭扭。可身边人说她性格温柔，挺好的。

她暗恋了一个男生很久，男生最终被感动，跟她在一起了。他自认比较帅气，和她一起的时候，男生就是不愿意公开他们在恋爱，对她也冷冷淡淡的。

逛街，不去；看电影，不去；在她来姨妈时递上红糖水这种事，更是不可能发生的。他们见面最多的地方，是宾馆床上。男生甚至随口说出过"关上灯都一样"这样伤人的言论。在爱情里弱势的一方，总是卑微的。女生一直用肉体供养着这段关系。

后来，和男生暧昧多年的"红颜"遭遇失恋，男生立刻凑了过去。眼见败局已定，女生选择了分手，男生很快就和女神在一起了。

她从共同好友的手机上看到，男生微信个人相册的背景成了“红颜”，时不时发几张合照，秀一下恩爱。

共同好友看不过眼，安慰她：“你很好，是那男的瞎了眼。”

失恋的日子有多痛苦，不足为外人道。女生咬着牙，考了一份事业单位的工作，戴上牙套整了牙，考了拉丁舞教师资格证，整个人都挺拔了起来，气质超群。

她的朋友们再提及以前的她，有人终于说了实话：“你简直换了个人。以前你和那个谁在一起了，不少人都觉得你们不般配，在背后对你指指点点，说你是丑小鸭撞见了王子呢。”

原来，她为一段感情卑躬屈膝，别人还觉得她本就高攀不起。

女孩子哑然，愣了一会儿笑了：她应该高兴才是呀。有人坦然说出真相的时候，说明她已经从丑小鸭变成白天鹅了呀。

想到我以前有个朋友，会说话，人缘好。她有次在卫生间看到另一个熟人，忙迎上去夸她的新衣服好看，捧得对方笑逐颜开。对方施施然走了后，朋友转脸就对我说：“这么黑还穿鲜绿色，简直要黑得发亮了，呵呵。”

不要太相信别人说的话，越残酷的事，越不会有人告诉你。

想想也是，人生已经很艰难了，有些事情何必当面拆穿呢？

3

杨澜不是说过么：没有人有义务必须透过你邋遢的外表，去发现你优秀的内在。

这个世界其实很残酷，见过几面，别人就在心里给你打了个分数。颜值分，家境分，学历分，人品分，品味分……我们要时刻提醒自己克服狭隘，但不得不面对的是，总会有人在用各种标准给我们打分。

你老板用人只看能力不看脸，不代表你的客户也会如此有内涵；你男朋友对你是真爱，不代表你男朋友的母亲不会给你打分。

别人挂在嘴上的“不错”“不错”，不过是场面话罢了。残酷的人生真相，你是不会从别人口中听到的，往往是经历一次次碰壁，头破血流后，才独自领会过来。

你看，当你瘦下来了，别人才好意思说出实话：“你以前真的挺胖的。”而曾经，别人告诉你的是，你不胖不瘦刚刚好。

当你能流畅地说出英音或美音时，别人才好意思调侃：“你以前连重音都发不准，好好笑哦。”而曾经，别人告诉你的是，你英语说得已经不错了。

当你成了朋友圈里的穿搭潮人时，别人终于说：“你以前穿衣服好挫好乡土啊。”而曾经，别人告诉你的是，你人长得好看，怎么穿都好看。

不必对奉承话太认真，别人哄你只是顾及你的面子，不想让你太难堪罢了。所以，别再拿别人的赞美自欺欺人了。

与其对别人的话较真，不如对自己更较劲。好坏美丑，平庸抑或优秀，我们心里比谁都清楚，不是么？

生活中，没有所谓的女士优先

我努力地工作，为的就是有一天站在我爱的人身边的时候，不管他富甲一方还是一无所有，我都可以张开手坦然拥抱他。他富有我不用觉得自己高攀，他贫穷我也不至于落魄。

1

前几年，我曾跟一个朋友的妹妹F合租房子。

F是个能言善辩，又略带负能量的女孩子。平日里，她总喜欢黏着我，跟我讲她以前在上海读大学的经历，总结起来无非是以下三点：

父母有钱，但是给的零花钱太少；

自己为了赚多点生活费，不得不去做兼职，没时间拍拖；

抱怨自己身为女儿身的艰辛，渴望那种被捧在手心的公主般的生活。

她常说的一句话是：“我只是一个姑娘家，为啥过得像男人那样艰辛？让我嫁个有钱人吧，我就不用过得这么狼狈了。”

对此，我是不敢苟同的。

刚开始，还耐心倾听，并不时安慰她。慢慢地，我不太愿意听她抱怨这个抱怨那个，她总是老调重弹，说得声色俱全，我却默不吭声。

直到某次，我在赶稿，她不停地在我耳边重复自己的经历，情到浓时，还掉下了眼泪。

这次，我实在忍不住了，跟她分享了自己的想法：

其实你的那些经历很多女孩都经历过，生活对谁都一样，没有谁比谁容易，也没有那么多的理所当然。你总觉得自己是个姑娘，所以不该为生活奔波，理应坐享其成。可是生活从来不会因为你是姑娘就会对你格外开恩。

你渴望被爱，同时你也必须知道，只有你自己努力变得优秀，
才有更多被爱的可能性。难过的时候，可以矫情地发泄、舒缓情绪，过去了就不要揪着不放。其实你应该感恩那段岁月，让你学会生存。女孩子让自己有所成长，变得更独立，也是努力的意义啊。

说完，我看到她脸上露出了惊愕的表情，许久没说话，最后自己悻悻地回房间去了。

当然，我不是有意打击她，只是想让她明白这样一个道理：生活不会因为你是姑娘就对你笑脸相迎，即使作为一个女孩，也有努力的必要。

2

写到这里，我不由得想起大学隔壁宿舍的一个女孩毛毛，上了大学之后，她就争分夺秒，学好专业，搞好社交，提升品位，哪项都没落下。

大一到大三那三年，甚少看到她出现在宿舍里。

当大家在逛街的时候，她在图书馆拼命地学习专业知识；

当大家在睡懒觉的时候，她已经早早外出做社会实践；

当大家在看韩剧的时候，她在绞尽脑汁地写活动方案；

……

记得大三有次组织女生宿舍联谊会，她也出席了。

席间，有人问她，你这么拼命，难道不累吗？一个女孩子那么努力干吗？

她笑笑说，女孩子更应该努力啊，于己，为了让自己有更多的选择权，包括工作、生活、爱情等；于家庭，为了有更好的经济条件赡养父母。现在不累点，以后就是身心俱疲啦。

说完，大家都向她投以赞叹的眼神。

到了毕业的季节，当大家都在为写论文、找工作疲于奔命时，毛毛手里已经握着很多知名大企业的offer，在那里挑挑拣拣；而经济早已独立的她给自己和家人买各种贵重物品，还带着家人到处去旅行。

毕业之后，出于对漫画的热爱，她选择走上创业之路，用大学积攒的资金开了一间工作室。

经过两年的用心运营，工作室做得风生水起。后来，也遇到了现任老公K，K对她体贴入微，婚后生活恩爱甜蜜，羡煞旁人。

可以说，毛毛把“一个女孩子为什么要努力”用行动阐释得淋漓尽致。

其实，平日里看到努力的姑娘，很多人会感慨其实没必要。

但当她们在一众offer里做选择时，也许你还穿梭于各种宣讲会中；

当她们爱情事业双丰收的时候，也许你还在纠结自己工作发展空间不大，薪资不高；

当她们在追求生活品质的时候，也许你还只是关注淘宝打折商品……

她们的成绩单上都是漂亮的数字，站在人群里都有独特的气场，人生路也是走得清晰踏实，步步为营。

而她们的光鲜亮丽，是过往日子里付出大量心血换来的。

她们努力让自己有更多的选择权，有条件和能力选择自己想要的，有资格去尝试每种不同的生活，而不是被动地等风来，因为生活是绝对不会对姑娘手下留情的。

3

有时候听大人们唠嗑，他们喜欢用教训的语气跟姑娘们传授所谓过来人的经验：

姑娘家，找份安稳的工作，嫁个条件不错的老公，这就足够了。你们不要去做什么女强人，在外拼搏的事情，理所当然地是男人们干的。

生活顺心的时候，对这种观点我是不服气的。性别在某些时候是划分界限的标准，而在努力这件事情上，我觉得无关男女，女人通过努力也可以做得跟男人一样好。

可当遇上不顺时，竟也觉得大人的奉劝有些道理。在这个男女起跑线不完全同步的世界里，姑娘不要太累，似乎是件天经地义的事情。

然而自己明了，男耕女织的时代早已逝去，硬性的性别划分也渐渐被打破，男人在外打拼、赚钱养家，女人洗衣做饭、相夫教子，不再是定律。

现在，“男女平等”的口号越来响亮，没有人因为你是一个姑娘就凡事对你一味谦让，生活也不会因为你是一个姑娘就变得更加容易。

所以，为了得到真正的平等，女孩子们努力就显得尤为重要。

4

看过一篇文章，里面有句话让我印象深刻：

一开始我们的思路就错了，在这个时代，已经没有所谓“稳定有保障的工作”，所以，没有稳定的工作，只有我们自己稳定地牛着。

是啊，想想也不无道理，在这个瞬息万变的社会，要有立足之地，必须靠自己努力，坐享其成只能是一种奢望。

而“女孩子找个有钱人嫁了，就可以不需要努力”的观念，早已经站不住脚了。

无数现实的例子证明，婚姻并不是一张长期饭票，一纸婚约并不能保你一辈子衣食无忧。

幸福的婚姻，应该是性格合拍、努力同步，而不是物质堆砌、不劳而获。

那些在婚姻中甘当花瓶的姑娘，最后难免潦倒绝望，反而是那些能保持独立状态的姑娘，永远都自带光环。

所以，亲爱的姑娘们，你可以有小女生的一面，但你也必须有爷们的气魄，有独自解决问题的能力；你可以有哭鼻子掉眼泪的习惯，但你必须也有汉子的勇气，需要把所有的困难都踩在脚下。

因为，在晋升时，在考试中，在评优时，没有一条规定是：女士优先。

生活不会因为你是姑娘就对你笑脸相迎，想要出类拔萃，与男人有平起平坐的机会，自身必须努力。你若盛开，清风自来。相信生活的美好，学会用自己热爱的方式好好生活，过得更加积极努力，不堕落，不浮夸，活成岁月静好的理想模样。

这世间，没有什么不能

唐娜所带的小学四年级和我以往所看过的差不多。教室里，学生坐了五排，每排有六个位子。而老师的桌子则放在教室的最前面，面对着学生。公布栏上贴着学生的作业。

大体看起来，这是个典型的小学生教室。但我第一次走进去时，总觉得有些不寻常，仿佛有件神秘的事要发生。

唐娜是密西根小学的资深老师，再过两年便要退休了。她志愿参加我所组织策划的全市教职员在职训练，这个训练主要是借着一些表达方式来鼓励学生，对自己有信心，进而爱惜自己的生命。唐娜的工作则是借着参与训练进而将这些理念实现，至于我所要做的则是去访查并鼓励这些活动。

我在班级后面的一个空位子坐下来。每个学生都乖乖地坐在位子上，绞尽脑汁在纸上写着。有个小朋友偷偷告诉我，她要在纸上填写所有她自认“做不到”的事情。

她的纸上写着：

“我无法将足球踢过第二条底线。”

“我不会做三位数以上的除法。”

“我没办法让黛比喜欢我。”

她非常认真地填写，即使已写了半张纸，她仍旧没有停下来的意思。

我沿着各排巡视每个学生，每个人都在纸上写下他们所不能做的事。诸如：

“我没法做十次仰卧起坐。”

“我发球无法超过前边的球网。”

“我不能只吃一块饼干就停止。”

……

此时，整个活动引起我的好奇心，所以我决定去看看唐娜在做些什么。我接近她的时候，发现她也忙着填写。我想还是不要打扰她的好。

“我无法让约翰的母亲来参加母子会。”

“我无法不用体罚好好管教亚伦。”

在我心里是反对学生和老师如此专注于消极的一面，而不去看积极的那一面，诸如“我能做”这一类的。但我仍回到后面的位子，坐下来继续观察，学生大约又写了十分钟。大部分填满了一整张纸，甚至有人开始了下页。

唐娜告诉学生，完成现在写的这一张，并指示学生将纸对折，交到前面来。学生依次来到老师的桌子前，把纸张投入一个空的鞋盒内。

把所有学生的纸张收齐之后，唐娜把自己的也投了进去。她把盒子盖上，塞在腋下，带头走出教室，沿着走廊走。学生跟着老师走了出去，而我则尾随其后。

走到一半，整个行列停了下来。唐娜进入守卫室，找寻铁铲、铁锹。她一手拿着盒子，另一手拿着铁锹，带领大家到运动场最远的角落边，大家开始挖了起来。

原来，他们打算埋葬“我不能”。整个挖掘过程历时十分钟，每个孩子要轮流挖。直到坑有三尺深的时候，他们将盒子放好，立刻用泥土把盒子完全埋葬。

31个十多岁的小朋友，围绕着这刚埋好的“墓地”，里面埋着所有每一个“力不能胜”的事情，这些深深地埋藏在三尺的泥土下。

此时，唐娜开口了，“小朋友，现在你们手牵手，低头默哀。”学生们很快牵手围绕墓地成了一个圆圈，低下头来等待唐娜念出颂词。

“各位朋友，今天很荣幸能邀请各位来参加‘我不能’先生的葬礼。他在世的时候，参与我们的生命，甚至比任何人影响我们还深。他的名字，我们几乎天天挂在嘴边，出现在各种场合，如学校、市政府、议会、甚至白宫。

“现在，希望‘我不能’先生能平静安息，并为他立下墓碑，上面刻着墓志铭。死者已矣，来者可追，希望您的兄弟姊妹‘我可以’‘我愿意’能继承您的事业。

“虽然他们不如您来得有名、有影响力。如果您地下有知，请帮助他们，让他们对世界更有影响力。

“愿‘我不能’先生安息，也希望他的死能鼓励更多人站起来，向前迈进。阿门！”

听完这段颂词之后，我想孩子们是永远不会忘记这一天的。这个活动是这样具有象征性，这样意义深远。这种特别的鼓励方式将深深刻在每个孩子的心中。

写上“我不能”，埋葬它，聆听颂词。老师完成了大部分的活动，但还没结束。她带领学生回到教室。

大家一起吃饼干、爆米花，喝果汁，庆祝他们越过了“我不能”的心结。唐娜则用纸剪下墓碑形状，大面写着“我不能”，中间加上“安息吧”，再把日期填上。

这个纸墓碑挂在唐娜的教室里。

每当有学生无意说出“我不能……”这句话的时候，唐娜只要指着这个象征死亡的标志，孩子们便会想起“我不能”已经死了，进而想出积极的解决方法。

我不是唐娜的学生，事实上她是我教出来的学生。但从这次活动，我从她身上学到一个永久不变的道理。

直到如今，只要我听到有人说“我不能……”，我的脑中就会立刻浮现出那个葬礼的情景。和小朋友们一样，我会记起“我不能先生”已经死了。

只有忍受住黑暗，才能欣赏到黎明

1

真是三生有幸，我身边的朋友都很好，他们自信、乐观，为人慷慨。有好多时候，我也在思考，为什么一些人总是充满能量，能为他人带来温暖与安慰。而他们自己甚至不需要安慰，只要睡一个晚上，第二天就是新世界。

尤其是我的搭档一郎，更是义字当头，有情有义，我每次看到他，都觉得温暖满满。当一郎站在讲台上，你会觉得全世界都属于他，他是那么英俊、文艺、潇洒，很多女孩都很崇拜他，他却拒绝了一个又一个。

我曾问他，期待找一个怎样的女孩。他说，想找一个可以让自己牵着手的女孩，最好是他的负担，甚至一生都需要照顾。眼前的女孩大多强势又会撒娇，他分辨不了真假。所以，他要找一个傻傻的，一个只需要他源源不断付出的人。

我难以理解。想到爱情，我大多念头是势均力敌，你强大，所以我也不甘示弱；你一路独立，我也千军万马；你能帮到我，我也恰好需要你；你脆弱时，我安慰你，我孤独时，你陪着我。

2

那次是我第一次去宁夏出差，听到几个偏僻的城市名字，大家都不愿随同我去，唯有一郎站了出来，那一刻，我很感动。出差的路上，恰好是我的生日，一郎特意来祝我生日快乐。他羞愧地说自己没带生日礼物，只能给我讲讲他的故事。

我问："你的生日是哪天，到那天我也给你讲讲我的故事。"

一郎摇摇头："我也不知道。"

"你居然连自己的生日都不知道！"我张大了嘴巴。

他忧伤地点点头——

一郎的母亲经历了一场大病，精神有些痴呆，后来怀上他，再加上他天性胆怯，内向羞涩，黑黑瘦瘦，亲人们都以为他是傻瓜，可他并不是。小时候，他拉着妈妈的手，跟在她的身后种菜、捡柴，有时，看到妈妈迷路回不了家，他就硬牵着她的手，往家的方向拽，妈妈却打他。

小时候，他曾怨恨命运，为何赐予了自己这样的考验。直到有一次，他跟着妈妈上山，在山脚，吹起了狂风，妈妈拼命地保护他，把他压在自己的身下，那树就直直地砸到了妈妈身上。从此，妈妈不仅傻，走路也不再平稳。

从那时起，他常常给妈妈唱歌、写诗。妈妈什么都听不懂，只是傻傻地赞美他："多好啊，真好！"他知道妈妈并不懂他，他对妈妈不能奢求太多，他只能幸福而忧伤地度过每一天。

3

读书了，他并不合群，总是站在角落里，呆呆地看着同学们在一起玩耍，他却很沉默。一直读到高二上半学期，他的成绩都不算很好。下半学期，妈妈来送他上学，有个同学突然开玩笑：“怪不得你笨笨傻傻的，原来是遗传。”一郎握紧了拳头，却没有挥出去，因为妈妈在一旁拉住了他的手。

经过这次被人欺负，一郎突然明白，唯有自己强大，他的世界才能强大。也就是从高二开始，他突然觉得窝在角落里并不能很安心，只是一时的安全。他默默地告诉自己，要走出去。

那半年时光，他像变了个人，每天都追在老师的后面，让他们帮自己解答问题。他依然沉默，不愿与其他人交流。就像积攒了一股强大的力量，在某个瞬间被强烈地点燃，他终于爆发，终于名列前茅。每当松懈时，他耳边总会响起那个同学嘲讽的语气：“怪不得你笨笨傻傻的，原来是遗传。”他抬起头，对我说：“那一刻，我的心特别痛苦，我发现自己连最亲的人都保护不了，这对一个男人来说，多么悲哀。”

命运并没有眷顾他，他后来并没有如愿考上一所好的大学，也没有如愿追上自己很爱很爱的女孩，也没有找到特别心仪的女孩。

他一个人在城市漂泊了很久，每次站在地铁上，或走在街头，在阳台上，他最怀念的是那片星空。因为在他心中，记忆最深的是，妈妈在无数个夜晚，曾陪她一起看星空。

虽然一切都没有那么如意，他告诉自己，要从角落里走出来，他试着去换工作，试着去充电，试着去寻求改变。煎熬三年后，他才找到了适合自己的平台，而且越走越好，直到走到了今日。一郎早已不再是那个落魄少年，所有的自卑、委屈、磨难，在今日看来如梦般，不敢回想，不能触摸。

若人生是一场考试，他觉得自己一定是超常发挥了。若是站在今日，告诉十年前的他，十年后，他会拥有这么多，他定然不会相信。可积蓄了那么多力量，咬着牙一步步走来，对昨日伤害他的人，他唯一能够说的只是，谢谢。

4

此时，就在宁夏，我听完一郎的故事，简直无法想象，在这个英俊而看似完美的男人背后，居然隐藏着这样的过往。

曾记得有人采访一个著名的女明星，如何看待她之前不太光鲜的过往，因问题太尖锐，她一笑而过："你没有走过那一刻，怎么知道那路对你来说曾是最好的，就是因为那段经历，我才要绽放得更美丽。"

一个人，要走过多少路，隐藏多少伤口，才能展示自己最有力量的一面；一个人，要做多少牺牲，忍下多少委屈，才明白昨日的经历，不过是为了让自己更坚强。

毕竟，最终塑造我们逐渐完美的是那些艰难时光，每一次挫败，都会在我们的灵魂深处种下坚韧的种子。一路艰难，必定成为支撑我们走下去的力量。

如果你也走在迷茫的路上，此时伤怀而不知所措，我希望你能明白，再也没有比这更适合的人生经历了。如果没有穿越漫漫黑暗，没有经历痛彻心扉的过往，你永远不会明白看到星光时的喜悦，也自然不会懂黎明的意义。

我宁愿在北上广哭着拼命

前一段时间，“逃离北上广”是非常流行的话，但是，过了一段时间，这些逃客又纷纷回到了北上广的怀抱。人很多时候就是这样，总是觉得自己现在手中的东西不好，真把现有的丢了，新有的并不比原来好，又开始怀念曾经拥有的时光了。

诚然，近年来，三四线城市的发展速度的确很快，但在很多年轻人的心中，能在北上广深这样的城市安家立业，依然是他们终生奋斗的理想和目标，为什么宁可在一线城市里摸爬滚打，也不愿意回到自己的三四线城市过舒服安逸的生活？而作为一个刚毕业不久、踏入财务领域的你，又为什么对这些城市有了特殊的情结？

机会多，梦想实现不愁途径

在北上广深，也许会有让你因为竞争的激烈而一时失望的时候，但只要你一口真气还在体内，依然能在绝望中寻找到希望的曙光。

你有各种各样稀奇古怪的想法，这里都有为你展现的平台，说不定刚毕业就自己成立个公司去当CEO；你的梦想说出来，你三四线城市的同学会觉得你疯了，纷纷嘲笑你说那绝对不可能实现，但是在这里，一切皆有实现的可能。

你一肚子的才能，在小城市无处施展，慢慢地，等你被岁月磨平了棱角，失去了刚毕业的雄心和抱负，也就开始自甘堕落，庸庸碌碌地生活了。

高薪行业多，发展空间大

小城市，拿高薪还是过温饱，说实话，并没有天地般悬殊的差距，你可能不会特别有钱，也不至于活不下去。但是在大城市，人与人之间的收入差距有时候大得惊人。而且，有没有选对行业也很重要。高薪的行业，一般都是在大城市更能体现。财务人的发展晋升途径在北上广更加广泛，也更加垂直立体。

金融、财务，这样的行业，在大城市和小城市，其实有着天壤之别。“如果你是一个三四线城市的小会计，每月也就一两千”，高顿财经CPA研究中心的Orson称，“但同样是财务工作者，如果在大城市，当你成为注册会计师，或者有机会做到财务总监、CFO甚至更高，你能施展的空间和你拿到的报酬，将会随着时间像指数级一样增长。”

但在小城市，你就算考出了一个厉害的CPA或CFA证书，你的领导可能也看不懂，甚至没听过，反而抠着你的三本学历不放。

生存依靠实力说话，关系色彩没那么重

三四线城市基本靠拼爹，你即使一身的才干，可能还不如你那不学无术的同学托他的局长老爹说句话管用。

北上广有太多凭借自己的实力打拼，最后成功站稳脚跟，留下来发展得很好的人。他们和你一样，没有背景，也没有有钱的爹，白手起家，完全靠本事吃饭。

你完全可以从一名小会计、审计助理，发展到主管、总监，甚至成为CFO，掌管一家企业的财务生杀大权。

这样活着，是一种尊严，而且是自己给自己挣的脸面和尊严，活得很舒服。即使是生存下来会很艰难，那也是由于实力的差距以及优胜劣汰所产生的自然结果，不能怨天尤人。

生活品质高，服务周到

小城市办事，依然是脸难看、门难进、事难办。但是在现代市场化的北上广，服务热情，有礼貌有热情，基本能够一视同仁。

而且，国际化大都市，有各式各样的重量级音乐会、比赛、公益活动，生活永远都不枯燥乏味，充满有趣。财务人的你，也可以经常听到税务峰会、高端财务培训等活动，积极关注或参加，能让你走得更远。

交友圈丰富，能认识各行各业的牛人

你可以去看看你没有出省甚至没有走出自己城市的那帮同学，天天想的事情非常简单，就是类似于自己开个小店，赚点小钱，安安稳稳地过日子，这一辈子就这么过了。

但是在北上广这样的精英聚集地，你会见识到做各行各业都能做出花来的大牛。和野心勃勃的人在一起，你自己也会想着怎么去努力，怎么实现更大的抱负，而不会与时代脱节。

你的那个小县城，可能那里的人连财务总监或者CFO是什么都不知道，更别提有机会见到这些头衔的大牛了。

没有爸妈成天在耳边逼婚

如果刚毕业就回到原来的小城市，你心里明白，你可能就永远回不来了。你会接受父母给你安排的工作，或者按照他们的意志，去当一个体制内的公务员或者老师，就这么平淡地过一辈子。远离父母的怀抱，你会飞得更高。

和谁结婚，估计你多半也不能自己做主，父母要横加干涉，而且每天还在你的耳边不断地催你。在他们的势力范围下，你就算再顽强，胳膊拧不过大腿，最后还是会在孝字面前向他们妥协。但在大城市，你的层次高了，伴侣的水平也会相应提升，投行高管，投资精英，在大城市，你才能遇到更多这样优秀的人，而不是只盯着爸妈口中的公务员。

大城市，能够让你每天惊叹于事物更新迭代的速度，这种酣畅，别人给不了。

大城市，可以给你提供有尊严地赚钱养家的机会，这种体面，别人给不了。

大城市，有了一种自己把握自己命运的主人翁精神，这种独立，别人给不了。

大城市，即使你身处在拥挤的地铁和人群中，依然感觉到自己每天活得真实而精彩，这种生而为赢的充实，别人同样给不了。

有人在一线哭着笑，有人在三线笑着苦，你呢

1

表妹即将大学毕业，问我这个过来人有什么干货分享。

我说我这么有“湿意”的人，肚子里哪有什么干货。煲鸡汤也不是我擅长，万一你喝多了不仅没治病，还白长一身肥肉，岂不是要怪我。

其实表妹的纠结很简单，她面前有两个选择：一个是留在北京，在一家中外合资的公司上班，年薪十几万。

另一个是回到家乡，那个N线城市，有一份公务员的工作等着她，月薪3000多。

单纯从数字上来看，表妹根本不用纠结，必须是选择留在北京啊。至少将来回家的时候父老乡亲问起，都会用羡慕而崇敬的眼光看着你：这女娃娃在北京，一年挣十几个万，不要太多哦！

在大多数人都挣着3000多月薪的情况下，一个年薪十几万的人当然很高大上。

可是这十几万的年薪，究竟能让你在北京过上什么样的生活？

在四环租个一居室，破旧到不能再破旧的小区，简陋到不能再

简陋的装修，至少也要2500块钱。

当你跟父老乡亲说起你几乎用了他们一个月的工资租了一间房子时，他们怎么也想象不到，你所住的房子有多小有多破。

当然，年薪会随着你的工作经历而增长，居住的条件也会慢慢改善。

2

我认识一个前辈桃姐，博士生，在北京待了六年，换了三份工作，如今年薪已经达到30万，在北京买了两套房子，把父母也接了过去。

这在我认识的留在北京的人中是混得最好的了，人家有学历也有能力，将来还有发展的潜力，当然值得我们这些后辈膜拜。

可是桃姐在北京的生活也很辛苦。

她的房子是换工作之前买的，离现在的公司非常远，坐半个多小时公交车后才能到达乘坐通勤车的车站，然后还要经过近一个小时的行驶才能到达公司。

遇上天气恶劣的情况，这个时间就更长了。所以桃姐在冬天的时候，基本上6点多就要出门。

我问她为什么不买车，她苦笑着说，在北京买车要摇号，买了车以后还要限号，一周能开的时间没几天。再说北京有多堵你又不是不知道，与其自己开着车堵在路上直着急，还不如在通勤车上打个盹。

这仅仅是住和行的方面，事实上留在北京这样的城市生活，遇到的问题还有很多。

不管挣多少钱，不管你有没有能力独自一个人生活，父母还都是真心希望你能好好找个对象，然后结婚生子。

桃姐条件优秀，按理来说找个条件相当的男朋友毫不费力，可硬是在相亲的道路上奋斗了好几年。

主要原因是因为工作太忙了。

每天一早出门，晚上至少8点多才能到家，加班开会是常事，公司虽然也有年假探亲假制度，可是几乎没有人提出来休。

每个人都在努力工作，你总是想休假岂不是很可耻?

且不说办公室没有合适又可心的对象，就是有，也不敢轻易踏进办公室恋情这个雷区。

桃姐自己还好，毕竟在北京30好几还单身的人比比皆是，可是父母们每天都着急上火，不断出入各种相亲角，甚至连去跳广场舞都带着明显的目的性。

也算是功夫不负有心人，桃姐最后遇到了现在的老公。父母们了却一桩心头大事，又开始催促桃姐赶快生孩子。

但是桃姐坚决地拒绝了，一来她还想在事业的道路上走得更远，而一旦准备要孩子，一定会休很长一段时间的假，精力和注意力也会受到影响；二来如果孩子出生，那势必面对更多的新问题。光是选择幼儿园和学校这一点就已经令人头疼。

北京这个地方，孩子想要上一所好的学校，不是光靠有钱就可以的。可是要上不好的学校，桃姐又不甘心。

所以桃姐迟迟不敢要孩子。

时间久了，父母觉得失望，在大都市生活表面上看起来很光鲜，实际上不过如此，竟然连孩子都不敢生。

我问过桃姐，如果当初选择一个小城市去工作生活，幸福感是否会更强烈一点。

她说她倒没这么觉得。她喜欢现在这样充实而快节奏的生活，她觉得这本身就是大都市的魅力所在。要是让她在这个年纪停下来，去享受侍花弄草的慢生活，她会觉得百无聊赖。

大城市的眼界毕竟与小城市不一样，也许有人会认为现在互联网这么发达，我留在小城市照样身未动心已远。

可是有些东西用眼睛看和身临其境地去体会是完全不同的，所以我们宁可在小长假挤破脑袋，去别人看腻的地方去看人山人海，也不愿待在家里悠闲地翻看旅游画册。

照片明明比实景还要美丽，可我们还是想亲自参与其中。

这就是有些人宁愿住狭窄破旧的小房子，每天疲于奔命地去挤公交地铁，也非要留在大城市的原因。

3

与桃姐相比，我的同学月月正好相反。

她毕业后在北京待了两个月，期间父母去看过她一次，抹着眼泪对她说，外面混得不好就赶紧回家。

她没有桃姐那么高的学历，在北京找了一份月薪5000多的工作，这个薪水显然是买不起房子的，甚至想自己单独租一个一居室都很吃力。

为了方便上班，她在牛街那里的一个学校租了一个床位，每个月只要几百块钱。

那个地方治安不太好，她住的房间有八张床，两个月换了好几批室友。大家都是北漂，几个箱子就是自己全部家当，稳定性特别差，彼此之间也多是互相提防。

床上挂个帘子就当是个人空间，就连洗手间都是公用的，因为无人打扫而特别的脏乱差。北京城的十里繁华流光溢彩似乎跟她并没有什么关系。

月月有时候躲在自己小小的床上也特别不理解，自己为什么要留在这里吃这样的苦。

帝都居，大不易。这样没有安全感的生活，不仅剥夺了她的幸福感，更从心理上给了她狠狠一击。

上大学时的踌躇满志、毕业时的豪情壮志，全都被这两个月颠沛流离的生活给消磨殆尽，所剩下的，只是对自己深深的怀疑。

正好家乡招公务员，月月毫不犹豫地回去了。

她现在住在100多平方米的房子里，距离自己工作的地方走路只用十分钟，工作很清闲。她老公是她的小学同学，同她一样有一份清闲的工作，两个人有的是时间出去游山玩水。

她提起在北京的那段时光，至今还在庆幸自己及时回来，没有将青春都浪费在疲于奔命之中。

她想要的就是眼前这种小确幸，而这份小确幸获得的成本要比在北京低得多。

可是回小城市同样有个问题，她在今后的几十年里，可能会一直做着同一份工作，每天重复着相同的路线。保持这种状态，没有变化，也没有挑战。

我不知道她在许多年后回首看来，会不会因为自己年轻时没有去放手一搏而感到后悔；当她看到当年一起北漂过的姑娘们，将自己打扮成如女王般精致，出现在某一个电视节目上接受采访时，会不会为自己的半途而废感到遗憾。

人常常都会不自觉地犯一个错误，看得到面前的风光，看不见背后的沧桑。

就发展机遇而言，小城市当然和北京无法比。如果那些北漂当年都选择了回家乡去享福，那么如今的荧幕上，会少了一大批耳熟能详的面孔。如今的富豪榜上，也会少了很多个赫赫有名的人物。

但是每个人的性格和生长轨迹都不相同，判定成功与否的标准也不相同。

有人想要的是身居高位受人敬仰，有人想要的是银行卡里一长串的数字，有人想要的是安逸闲适的生活。

所以我无法用既定的经验告诉表妹该如何去选择，我也不希望她听了谁的片面之词就失去了自己做决定的自由。人生路始终要自己走过，才能不留遗憾。我只能将两种选择可能遇到的后果分析给她，让她自己选择。

选择本身没有什么对错，但你得知道你想要什么样的生活，适合什么样的生活。毕竟人生只有一次，不管是进取的还是安逸的，只要你自己喜欢就好。

2
Part

除了拼命，没有别的选择

对于像我们这样的普通人来说，也许除了努力，我们并没有其他的选择，也只有努力去奋力一搏，才能让我们拥有别的可能。

除了拼命，没有别的选择

曾经，找一个稳定不累的工作，是很多父母对女孩的期望。

我进入媒体这行，也纯属受家庭影响。我舅是中文系出身，在大学任教，他的一些同学，就在报社工作。我上高中时，他就经常跟我妈建议：将来可以当记者。那时记者叫无冕之王：有编制，有福利分房，写稿任务也较轻松。

毕业后，学中文的我进入媒体。我工作的十年，是都市报最黄金的十年。我曾以为：这辈子，也跟我舅的那些老同学一样，稳定的上班下班到退休。

千万不要轻易羡慕行业精英们

我做娱乐报道超过十年，采访过的明星几百个，每天要写各种稿，编各种版。不过，只要工作时间够长，人人都能做到这个数字。

难的是常年一线，始终坚持。

娱乐记者这个职业，看起来似乎还不错，背后实际上是这个样子的：比如采访杨澜，在后台等了五个小时；采访周杰伦，跟了整整两天；比如采访刘德华，差点被人群挤死在大门口；去香港报道华姐，根本不是想象的出入高级酒店穿穿小礼服走个红毯——后方整版给你留着，你必须在后台采访区和前面现场来回切换，然后坐在地上，吃点点心垫肚子，赶11点之前完成4000字传回去。没有信号？联络不到艺人？抱歉，读者最大，不问缘由只看结果，你的职责是：永远不能开天窗。

采访杨澜，她说："我有很多想要采访的人，比如奥巴马。这之前，我要做很多功课，最后有的采访会取消掉，但是我下过的笨功夫，学习到的美国政治、经济、历史文化，都是我自己的东西，没有白费。"

不管曾经多么优秀，也不能忘记前行

进入2012年，社交媒体的大潮来了。

网络对普通人是一种生活方式的福利：买东西淘宝，打车滴滴，出门忘带钱包可以扫码，连我想吃个夜宵，一个微信，都能半夜12点送上门。

然而，对纸媒的冲击却前所未有。2014到2015的一年，不断听到各路同行转型的消息。

我们这一批媒体人的年纪很尴尬：跟"90后"拼精力，已经跟不上了；跟50多岁拼退休，还太年轻，卡在不上不下的阶段，向左走还是向右走？

真正进入才发现：纸媒和新媒体，不一样。

新媒体的速度比纸媒快，保持原创日更的工作量非常大，你常常需要为了一个标题改十几二十几遍，为了一个精修的词，反复看预览到眼花；我有一个小本子，里面记满了看过的书中的句子，随时揣着用。更要兼顾团队一起成长。

然而纸媒跟新媒体，又一样。

吃苦以及下笨功夫，无论传统媒体还是新媒体，都适用。你看到的每条十万多阅读量背后，并没有捷径，有的只是跟自己的死磕和越来越严重的强迫症。

互联网，给了人人一个最均等的机会：大数据让世界变平，淘汰机制也非常残忍，因为残忍，才更激发人的潜能。

从来就没有什么稳定的人生

这一年，我还做了一个决定：去美国。

到美国的前三个月很熬人：吃饭不习惯，气候不习惯，唯一去过几趟的是医院，跟黑人护士抱头痛哭。情况直到下半年才开始有所好转。

一个朋友问我：可是我看你朋友圈，在那边过得挺滋润的啊？有句鸡汤说：你只有非常努力，才能看起来毫不费力。

小孩子才会卖惨，成年人只看结果。你做出的任何一个选择，无论好坏，眼一闭趟过去往前走，走着走着就好起来了。

而我理解的看世界，不是在纽约看百老汇歌剧和买买买，或者去华盛顿看樱花；不是为了去迈阿密海滩度假，或者去黄石公园大瀑布（虽然这些也很重要）；而是眼界和思维的开阔，乃至价值观的改变。

它让我学会敬畏，看到多元和自己的渺小。

在北卡，出门遇到10个人，有8个博士，1个博后，还有1个博士老婆，随便参加个派对，对面就可能是常春藤名校加持过的行业大牛，你还有什么借口偷懒？

前一段时间，去《纽约时报》，发现《纽约时报》也同样面临转型，他们尝试了很多产品，最近锁定了科技；至于硅谷，听说前一小时研发的东西，后一小时就被拷贝了。

这就是互联网，它让人沮丧，也让人亢奋。它颠覆了行业，让稳定成为最大的职业谎言，但是，它也带来新的机会。

其实，走出舒适区的前提是：你有没有去锻炼自己的核心竞争力，以及生存能力。

不过，除了迎难而上，还有别的选择吗？

你并没有什么资格去迷茫

最近翻看后台留言，发现很多弟弟妹妹给我留言，他们大多出身农村，受教育程度也不算高（大概只有两三个是大学生），很早就到大城市打工，现在感觉自己很迷茫，觉得我的经历给了他们鼓励。

我的经历能鼓励这些弟弟妹妹，我当然是很高兴的，也觉得自己公众号还算是有价值的。

但是，既然你们把我当姐姐，那我这个姐姐就要说点你们不爱听的话，忠言逆耳嘛。

你们有什么资格“迷茫”？！

你们知道不知道，对于我们这些农村孩子来说，“迷茫”是一件很奢侈的事情。

我们和城里的孩子不一样，他们再差，好歹在这个城市还有一口饭吃，他们的父母不需要他们供养，他们的父母看病可以报销。

我们行吗?

我们吃饭要给饭钱，我们住房子要给房钱，我们的父母还需要我们寄钱回家，我们的父母生了病，只能靠我们。

我们在城市里不工作的话，没有人会给我们饭吃的，不努力挣钱的话是不会有人给我们钱花的。

我们和他们是不一样的，这一点自己心头一定要有数。

所以，我们要明白自己到城里来的目的。

我们不是来寻找爱情的，我们不是来实现什么人生价值的。

我们来城市就是为了挣钱，就是为了出人头地的。

我们要比别人更能吃苦，我们要比别人更狡猾，我们还要比别人更能忍受侮辱。

只要不犯法，我们什么都可以做。

大道理说完了，接下来姐说点具体的。

在城里打工，最重要的是储蓄，看清楚，不是投资是储蓄哈。

我才到上海的时候，很长一段时间找不到理想的工作，那段时间只出不进，每天都活在莫名的焦虑和恐惧中，特别害怕身上钱花光了，只能去睡电话亭。

一直到我在家乐福上班后，这种焦虑感和恐惧感才稍微减退了一点。

我为了不再经历这种焦虑，我一发工资就跑去银行把工资存一部分，从这个时候开始，一直到现在，虽然也经历过很多难关，但是我银行卡里永远有一笔应急的钱。

所以，再艰难，再困难，永远要在银行有一笔应急的钱。

当然，这里不是说不能投资，其实懂投资的话，投资回报肯定比单纯的储蓄强，但问题是你要真的了解你投资的是什么，而不是被别的人给忽悠了。

其次，不要超前消费。

现在信用卡满天飞，但是不要养成用信用卡消费的习惯。因为我们不晓得什么时候就丢掉了工作，而且也不晓得下一份工作会出现在何时；如果你养成了信用卡消费的习惯，但是你又突然失业，没有存款，又面临还款的压力，你说怎么办？

信用记录有问题会给我们将来的生活带来非常大的麻烦，甚至有可能害得我们吃官司，所以这个超前消费一定能免则免。

要能忍。

陶渊明不为五斗米折腰是因为他家有几百斗米，我们家里有“几百斗”吗？没有！

所以我们要能忍，因为我们承受不起冲动的代价。

当然我知道，国内把收银员、服务员、清洁工一类的职位，视为身份低下的象征。服务行业就是受气行业。而且确实很多人在接受服务的时候觉得自己是大爷，认为服务员低人一等。

但是，这些气我们一定要忍，我在重庆做书店店员、在餐厅做服务员的时候也经常受气，但是如果我当时不忍，也给这些给我气受的人来一个“开水浇头”，那么也就没有今天的我了。

其实我也不是不想报复这些人，主要是我承担不起报复的后果；比如说我报复哪个人，给他也来一个“开水浇头”，那么仅是那笔医疗费我就出不起，更别说如果负上刑事责任，那我们至少几年时间就耽误了，而且谁会愿意用一个刑满释放的人呢?

另外，不要让你的家人拖你的后腿。我们和父母之前已经差了一代人，他们的观念可能会比较守旧，而当我们遇到强势的家长时，我们要有自己的主张。

我们常常听到这样的故事，比如说，我本来也想出去创业的，就是我妈不让我辞掉（国有企业）工作。

比如，我和我女朋友一直很好，就是我妈不同意才分手的。比如，我家里让我报计算机专业，说是毕业以后好找工作。

我觉得作为子女对父母有赡养扶助的义务，但没有完全对他们言听计从的义务，我们应该有自己独立的理想和人格。

珍惜20岁到30岁之间的时光。这段时间，你野心勃勃，对未来有无数的设想。你没有结婚，没有拖累。你可以做很多你想做的事情：比如创业，比如留学，比如到一个陌生的城市打拼生活。这段时间是事业上的黄金时光，好好利用，一生受益无穷。

在30岁以后，大多数人都结了婚，生活趋向于稳定，人生的一些大改变的可能性就少了许多。

其实我说的这些都是老生常谈，但是这些年我慢慢地有了一些领悟：其实老生常谈都是金玉良言，都是很实在的做人道理。

如果今天我这些话有人看了后觉得有些用处我就觉得很开心了，也有可能有人会觉得“罗玉凤讲些啥子东西哦，没得意思”也随便你。本来我只是想说说我想说的，没想过用一篇文章改变谁的人生。

你是在拼，但别人是拿命在拼

第一次和撒贝宁接触，是在一个月前录制节目的时候。

当时的录影棚非常嘈杂，有嘉宾在舞台上演讲，有工作人员拿着麦到处走动，还时不时有音乐响起。小撒就坐在一张破旧的桌子前，看着监视器里的现场画面，全神贯注地记笔记，写满一张纸又一张纸。每场录制两个半小时，有时候一天三场，有时候一天两场，他就连续地坐在那里，安静地记录，穿着白衬衣，像个备战高考的高中少年。

后来每次录影都可以看到他坐在那张小破桌子前奋笔疾书的身影。据同事说，和他合作这么多年来，他没有迟到过一次，没有控场失败过一次，无论接到多么陌生的嘉宾，都能在前一天拿到台本，第二天就能够流畅录制。

也就是在看到这些画面的时候，我对自己所将要从事的行业有了踏实的感觉。主持人是幕前的工作，如果整天面对掌声和光环的他们都能做到如此认真、努力，这个行业就是有遮蔽喧嚣和浮华的可能的。

我来公司参加面试时，制片人问我，“你为什么要选择这种职业？”我说：“因为我不想过一种整天喝茶看报式、没有挑战性的工作。”她大笑说：“现在哪里还有这种工作啊？每个行业竞争都很大，每个人都很拼的。”当时的我，内心并不赞同，因为我的确看到很多人在过着并不热情的生活。

之前碍于视野和接触到的职业，我有一种误解：这世上很多人都是庸庸碌碌，不那么拼的，拼得只是极少数。

也就是出于这种认知，我写了很多“鸡血”文章，想给萎靡不振的众人注入一剂燃烧的能量。但现在，我发现我错了，起码是低估了“拼星人”的数量。

有天看到朋友的文章里提到她有同事每天中午都会去健身房健身的事情，我特别惊讶。

打电话过去求证真伪，她淡定地说：是啊，我们公司不止她一位呢，还有好几位同事都是12点的时候就跑去健身房运动一个小时，然后才吃午饭。

我几乎是呼天抢地地说：为什么要这么拼啊？中午不是应该吃过饭，好好睡一觉么？

她“火上浇油”继续向我“炫耀”：你知道吗？我一个同事，每天早上6点起床，步行一个小时到公司呢，就是为了锻炼身体。

我想到自己每天走路半个小时去上班都感觉有点不能承受的样子，赶紧挂了电话。就是一个普通的小公司，员工都这样自我要求，甚至有人已经人到中年，还依然能够兴致勃勃地来完成对自我的重新塑造和打磨，并不是一副大腹便便的景象。

每次录节目，都会和很多年轻人打交道。我发现现在的“90后”“95后”真是了不得，拼得很。高考时努力从小地方考上大城市的名牌大学；大学里面兼任学生干部的同时，奖学金拿到手软，出国机会样样不落；最值得一提的一点是无论从气质谈吐，还是穿着打扮，都特别让人舒服，甚至觉得恰到好处的时尚，这样的年轻人比比皆是，一抓一大把。

每次和他们交流，我都会有一种恨铁不成钢的、自知不好的“圣母”心态：为什么有些他们的同龄人读着普通高校，瞧不起学生干部，也不好好学习，只剩下每日花着父母的钱吃喝玩乐？越是优秀的人越是努力，越是“扶不起的阿斗”越是继续沦落。

有时候，我会怀疑到底有没有“拼”这个概念。因为不管是撒贝宁也好，每天去健身房的中年人也好，还是了不得的年轻人也罢，对于他们本身而言，这种别人觉得“拼”的状态，对于他们来说就是常态，是再正常不过的一种生活节奏。

有天，我向一位同事感叹：你怎么可以效率这么高！因为当天下午6点布置的一个按照正常计划需要两天来完成的任务，她在当天夜里一点多准时发到了我们每个人的邮箱。她弄明白我在感叹什么之后，只淡淡地说了一句话：这有什么啊？很正常呀。

是啊，把每件事都做到既高效又完美，不就是正常的人生状态吗？不知从什么时候起，它反而成了我们的一种追求，一种目标，一种得需要别人狠狠去敲打、去逼迫才能保有的一时激情。

自己做不到的，并不意味着别人没有在做。你那点拼，真的不算什么。

所有的问题，并不是诉苦就能解决

有时候人真的很奇怪，你会忘掉很多重要的事情，却会对某些片段、某些场景、某些无关紧要的人记得特别清楚。

我现在时常会想起那个开发廊的南方女孩。最开始，她的发廊开在我家小区的胡同口，发廊不大，老板就是她和她的妹妹，另外雇了几个打下手的服务员，来的也都是周边的熟客。

她的手艺很好，尤其是盘发和编发，只要是你能想象出来的发式，她都能做。那些在别家店死活都弄不好的发型，在她那里十分轻松地就能做出来。

那几年，我每次洗完头都要去店里让她帮我弄头发，渐渐地熟悉了起来。

我这个人属于比较慢热的人，不太习惯和陌生人搭讪，但我挺喜欢和她聊天。

因为她从不像某些生意人那样巧舌如簧地给你推销，或者虚头巴脑地忽悠你，她总是温柔而恬淡的，实事求是地给你各种美发建议，或者聊上几句家常，不会因过度的热情让客人难受，也不会叫人觉得傲慢。

在那些早早就出来打工的女孩子当中，这样性格的人是很少见的。她或许也没多少知识，没受过多少教育，只是她天然就是这样踏实肯干，还内敛不张扬，让她像一株生命力强大的植物，从温暖的南国，移植到了极寒的北国，依然活得葱郁而茂盛。

几年过去，她的发廊生意越来越好，钱赚多了，生意也随着扩张，她租了一处很大的门面，由小发廊变成了现代造型室，还在附近的商城开了一家服装加盟店，由她老公打理。

恰好，她新开的造型室在我单位附近，对我还是很方便，我还是几乎每周都要去一次。

这种雇了十多个员工的店算是不小的店了，一个外地姑娘，一点根基都没有，要做下来有多难可想而知。我就曾经亲眼看过有的人来找麻烦，她和老公好话说尽，奉上了几条烟才算把那些人请走。

还有一个经常来的熟客，做一个很简单的头型，只是要求特别高，每次都要做半个小时左右，一会这里高了，一会那里低了，挑剔得要命，她都十分耐心。客人走了我十分有吐槽的欲望，她却总是笑笑，不说什么。

有一次，我来做头发，聊天的时候，她说："前几天你有个朋友来烫头，说是你推荐她来的。"我很清楚我那个朋友的性子，比较小气，特别爱讲价，什么价格都拦腰砍一半，老板不同意，就死磨，能磨一天。我都不怎么敢和她一起逛街，很容易被骂的。

于是我问："她是不是要求你便宜点了？"她笑了笑，"是的。"她这里一贯是明码标价，任何人都是一个价，除非是部分熟客可以赠送一点产品，我都提前和朋友打过招呼了。我有点不好意思，"她就是比较喜欢讲价。"她笑，"是和你不太一样。"

她从不抱怨，从不。

我见过有些店的老板，客人一坐下来就是甜言蜜语，然后客人一走就评头论足，讲人家这里不好，哪里不对，撇嘴、翻白眼，十分叫人厌恶。

她永远不会这样，再难缠的客人也都平和应对，实在讨厌这个人，她会不再和她讲话，默默走到一边。

开服装店生意不景气，连续亏损，不得已只能关掉，她也只是说，"这一年的钱亏掉了，明年要更努力才是。"

手下的服务员有了什么差错，她也会批评，但永远是就事论事，从不扯东扯西，不会像某些个体老板那样，觉得自己对手下的员工有生杀予夺的大权，别人必须对自己进行顶礼膜拜，而自己则有资格随时进行侮辱和嘲弄。

以前我觉得她这样只是会做生意，正所谓和气生财，打开门做生意的人就是得能忍能让，才能有回头客，有好口碑。

认识了六七年之后，我逐渐发现，这并非是做生意的手段那么简单，她这个人的确是这样，非常有韧性，虽然是一个小小的个体老板，但是活得不卑不亢，什么困难和问题来了，她都只想着去处理，而不是埋怨和诉苦。

现在那家发廊已经易主，她回老家去了，因为孩子到了上学的年纪。据说她不再开发廊，而是有了一家工厂，做得很不错。我们的联系也中断了。

发廊兑给了一个新老板，名字没换，我去过几次，生意每况愈下，新老板和我一直抱怨，“为什么我的发廊生意不好？早知道这样就不会花这么多钱兑她的店了。”

为什么生意不好，我心里默念，“不仅是因为你不如她技术好，也不如她有好人缘。”

新老板是那种爱抱怨的女人，整天不是抱怨顾客太极品，就是骂服务员太懒散，或者怪老公不支持自己。

每次你一坐下，一开始做头发就唠唠叨叨个没完，每个顾客走了之后，就立刻吐槽这个顾客有多么极品，然后还要和当下的客人讨论一下，搞得别人很尴尬，不知道怎么接。

去过几次之后，别人自然就不去了。

我曾经认为我和她只是发型师和顾客之间的那么一点缘分，但后来我发现我很怀念她，我很想再看到那张表情总是不疾不徐的脸，那个淡然承受一切的人。

我们之间似乎建立了某种关联，因为她改变了我。

你以为在一个开发廊的小老板身上就不能学到什么东西吗？人生中处处都有典范、处处都有镜子，可以照出自己的缺陷。

在她身上，我学会了温柔一点，勇于面对自己所遭受的困难和挑战，不必逢人就讲述自己的痛苦和烦恼。

我们都不喜欢和总是带来负面能量的人在一起，坚韧与强大才能争取到更多的理解与支持。

人到中年，我见过很多人，包括很多位高权重的人，我发现成功者基本上都有一个共同的特征：

他们都不爱诉苦，都只专注于问题本身，注重如何去解决。

有一次，我和一个做领导的朋友抱怨自己工作中一些不开心的事情，他听完笑笑，“你这算什么，你看看我现在手里需要处理的事。”

他一一和我数了一遍，我听完惊呆了，要是换成我，这些大概就是跳脚骂娘的、大呼倒霉的烦心事，但他在那样的压力之下，依然一切如常地和我聊天，并不会气急败坏。

那次我终于明白了，为何他能够成为某个行业的翘楚，内中自有道理。

一个人的心要足够深，才能埋得下一些事。心若浅得像一个碟子，什么都装不下，稍微有一点心事，都会流淌出来。

能担当，这是事业成功的基础，这点上大人物与小人物没有什么不同。

哭嚎、抱怨、逃避，都毫无意义，并不会使烦恼变小，反而会使自己失了分寸，被别人看穿了弱点。

我越来越欣赏那些不爱诉苦的人，他们才是最勇敢的战士，苦来了，难来了，他们提枪上马，与之厮杀。

不诉苦并非是自我压抑，而是看透了人生，有一种不徒劳挣扎的智慧。

做人谁不曾被命运辜负过、被他人伤害过，阳光下并无新鲜事，一切乏善可陈，谁是第一个受苦的人呢，不，都是别人的影子，都是前人流过的眼泪。

遇到困难可以倾诉，寻求帮助，但不可长时间停留在诉苦的阶段。

说多了，就难免会顾影自怜，相信自己真的是一个可怜人。

一切末日，其实只是人生的过程

好朋友N来北京打拼快两年了，想当初他是因为上了一档求职节目而被北京的传媒公司选中，从此开始了北漂生活。

那是2014年6月，他带着兴奋和期待，满心欢喜地来到这座陌生的城市。人潮拥挤，自己拎着大包小包，找不到南北。看着陌生的站名，目不转睛地盯着屏幕上亮着的地铁线路图，强行记住一站又一站，生怕坐过了站。等到了目的地出了地铁站，天已经黑了。

然而从地铁站走到他租的地下室，有很长的一段路。手上拎着六个购物袋，中途有两个断了提手，在炎热的夏天汗流浃背，狼狈地找到了房门，走进一个只能装得下一个人的地下室小房间。

没有窗户，室内昏暗无光，站在床上，头差不多可以挨着天花板，钨丝灯并没有很亮，衣服放在哪儿都成了问题。手机没有网络信号，电话打不进来也打不出去，整个地下室40多户人分享着一个路由器、一个洗澡间、三个卫生间，以及四个用来洗衣洗脸的水龙头。

坦白地讲，他也觉得很辛苦，一个人从四川跑到北京，孤零零的，没有亲人，有的只是一间十平方米的地下室小房间。别的同学都在吃喝玩乐，毕业旅行，他却要在职场里学习看脸色做事。别的朋友都在父母的安排下做稳定的工作，他却要在容易让人孤独的大城市里独自打拼。

苦是苦，孤独是孤独，可是那又有什么办法呢？我问过N，在北京独自闯荡，会不会有累到想要放弃的念头，答案显然是肯定的。我想每个人都有这样的时刻，孤独、落寞、沮丧、失望，怀疑自己，无奈生活，对抗世界。我知道你也一定活得很累，委屈多过心里话，遭受冷眼，不相信面前都是穿不过的墙。虽然头破血流，但还是硬着头皮去战斗。

是啊，这么多年，一直咬牙不放弃的你，真是太辛苦了。

好在努力付出多少会有回报，坚持不懈多少会有结果。现在的他已经是几部票房过亿的电影的项目经理了，还换了舒适的房子。天知道他曾经有多努力地加班，只要是醒着的时间，就拼了命地学习各项技能，甚至包括不属于自己工作领域的本领，一有空就钻研新媒体和大数据，再有闲下来的时间，就干脆打开脑洞，设计海报打发时间。所以现在的他会作图，会摄影，写得了文案，办得了活动，创意点子总能被领导赏识，接下的任务总能完美地执行。

想起去年我劝他换房子，不要住阴暗潮湿的地下室时，他回答我，现在不吃点儿苦，以后就尝不到甜。这世界人潮拥挤，所有人都想拼了命挤上一列开往好日子的列车，年轻时候不用力闯一闯，到老了就更没机会了。

这世界是很美好，但也足够残忍。我们可以在意所有的孤独和失落，但一定不要惧怕痛苦和挫败；可以接受所有没结果的今日，但一定不要放弃那些没有到来的明天；可以接受偶尔不那么坚强，但一定不要丢掉最强大的自己。一切看似末日的，终将被证明只是过程。

用行动赶走你的迷茫

一个教授去演讲，听者云集。演讲完毕，一个学生举手提问：“我就读的大学是一所三流大学，大家都不努力学习，也没有什么对未来的计划，像我这种起点不高又很迷茫的状况应该怎么办呢？”

教授的回答很犀利：“在这所三流大学里你出类拔萃吗？如果没有，那恐怕就不是环境的问题。”

年轻时最容易烦恼。似乎在各个领域，我们恰巧都处在了一个不高的起点上，被迫开始各种人生竞赛；更糟糕的是，发令枪响起时，我们常常还处于懵懂之中，想努力，却又没有清晰的目标，想使劲，却又往往不知道怎么使劲。

对我而言，真正有用的建议是：当你觉得迷茫时，不管好坏，先设一个目标，哪怕后期再调整也没关系，先朝着这个目标行动起来。在后面的努力过程中，你可以不断回顾、修正最初的目标，你会发现自己正慢慢朝着正确的方向行驶，哪怕走的是一条当初根本无法预料的航道。

有人会问了：如果一开始目标就设定错误，那不就白努力了吗？这是一种普遍的心态，也正是因为这种心态，绝大多数人花费了大量时间坐井望天、搜肠刮肚地思考着人生的正确目标而寸步未行。

在我看来，即便目标有所偏颇，大可以先设定一个目标，只要这个目标是现阶段你觉得值得为之奋斗的，就赶快奋斗，先走起来再说。这就好比登山，你在层峦叠嶂的山脚下仰头，只能看到离你最近也最矮的山峰，你只有先占领了这个山头，才有可能看到之前被遮蔽的更高的山巅。

有一次我去听新东方的俞敏洪演讲，老俞说："我最烦现在的年轻人在一点儿基础都还没有的时候，就给自己定下目标要成为下一个马云，他甚至还不如马云长得好看。"台下一阵大笑，他又说："即便是我也很难看清未来甚至五年后的走向，而我之所以能走到这一步，和我愿意每天都取得一点进步是有关系的。"

即便目标有所偏差，只要动起来，也比原地坐着空想有用。

当你觉得迷茫的时候，迅速行动起来才是克服无力感的唯一方式，而只有行动，才有可能突破和超越。

永远不要用此时自己的心态和眼界，去揣度自己未来的心态和眼界。一旦开始行走，不需要很快，就会轻易地超过其他人，不要惧怕你的目标还不够完美和准确，因为最终能带领你抵达成功的，不是存在于你想法中的目标，而是不断积累的脚步。

越是迷茫，就越要选择难走的路

1

世界上最可悲的事情，就是你在最值得奋斗的年龄里，选择了安逸。某一天，你会发现，你想过的安逸生活其实是一条下坡路，时代日新月异，潮流奔涌向前，你懒得奋勇前进，殊不知已在步步退后。

我有个高中朋友，高考离心目中的学校差五分，但也可以上一个不错的大学，家人朋友都为她高兴，可是她做了一个决定，复读。其实复读生承受的压力远比应届生要多，除了外界，更多的是自己给自己的，一年的隐忍，她成功了。毕业出来工作，找了一家国企，待遇、福利各方面都不错。但是她所喜欢的是一家互联网科技公司，所有的人都以为她会选择安稳的工作时，她没有去到国企，而是选择在外面打拼。后来，她说道：感谢当初的自己，迷茫的时候选择了难走的路。

是的，迷茫的时候，选难走的路，你永远都不知道，你的潜能有多大。“我不行”，其实只是你退回去的借口。你虽然不可能每一样都行，但我们所遇到的大多数的选择与难题，都是可以靠勤奋解决的，远远没有到拼天分的地步。

2

每个人都向往安稳，安稳对年轻人而言却可能是一个陷阱。世界上没有绝对的安稳，不进则退。向前、向上的路，通常是难走的，你会无数次想到退缩，无数次受到打击，你像去鹰群里抢食的小鸡，每一天都惶恐不安，害怕被吃掉，日子一天天过去，终于有一天，你发现自己变成鹰了。

很多人会面临各式各样的难题：要不要考研？要不要重新开始一个自己喜欢的行业？是选择一个前景好但要前期辛苦付出的事业还是多数人选择的安稳但无竞争力的工作？……当然，很多人都希望选一条容易走的路，然而，当你提出这些质疑的时候，请问问自己，这样持续的现状，是你想要的吗？如果不是，那能够真正解决问题的、开始新生活的，恰恰是那条难走的路。

因为难走，你会调动所有的潜能，去克服遇到的困难。你受了最多的苦，也是最直接的受益人。

3

我记得有个师哥之前在学校学的是计算机学科，在面临毕业找工作时选择了一份销售的工作，我们都纳闷为何不做专业相关的工作，他给出的理由是：其他的不好找，要么去学习，要么在公司“潜伏”一两年，不如自己先找个轻松的做着。

这份工作大概做了半年，他告诉我们他要开始新的生活了，要跟过去胆小的自己告别。原来他看到有同学坚持走在软件开发的路上，工作不错，薪资更是高出自己好几倍。他知道自己重新开始会有多难，但自己不会放弃！

他去云和数据参加职业培训，四个月的时间转瞬即逝，然后他就去了上海发展，他说那也是自己一直向往的城市，虽然竞争大，但更能激起自己的斗志！

现在在我们面前谈笑风生的他，完全摆脱了之前迷茫的神情，而那四个月的辛苦和努力，只有他自己知道，但是他坚持了下来。

想起之前的日子，他说，当我从云和数据培训出来后，我发现这一切付出都是值得的，我喜欢上海这个城市，喜欢现在的工作，当然更重要的是除了高薪的工作，我可以有空闲的时间旅游、摄影。大学四年，我的心都从来没有那么自由和开心过。后来，他还在云和数据举行的聚会上遇到了他的女朋友，现在他们的儿子也已经半岁了。

4

弗罗斯特在他著名的诗歌《林中路》中写道：“一片树林里

分出两条路，而我选择了人迹更少的一条，从此决定了我一生的道路。”迷茫的时候，更要坚强面对人生的未可知，越是逃避，越是知足不进，以后的路就越难走。

《马男波杰克》有句经典的台词：“每天都会变容易一点，但你得每天坚持跑，这才是最难的部分，但是却会让跑步变容易。”

生活也是如此，最难的路，总是开始难。

5

王小波有一句话我非常喜欢，用在这里也非常合适：“人在年轻时，最头疼的一件事就是决定自己这一生要做什么。总而言之，干什么都是好的，但要干出个样子来，这才是人的价值和尊严所在。”但是，我还是想说，当你面前有两条路，不知道该如何选择的时候，选难走的那一条。这些年，我也有一些时候选择了容易的那条，虽然不多，但是每一次我都后悔了。

我希望，你能活出最精彩的自己；我希望，你为自己的人生感到骄傲；我希望，迷茫的时候，你能选择难走的那一条；我希望你有勇气！

真正的努力，就是不找借口

大伯年轻的时候，未过世的奶奶给他找了一份在陶瓷厂的工作，工作虽然辛苦，却还算稳定。他做了一段日子后，却辞职了，亲戚朋友问起来，他只是说："我和那些工友们相处不来。"

在做了很长一段时间的无业游民之后，大伯又开始倒腾起古董。他每次来家里，都会向我爸炫耀他新淘来的古董："三儿（大伯兄弟三个，老爸排行第三），你看我这块石头怎么样？"老爸就说："哥，你别说没用的。我就问你，300块钱，你能把这块石头卖出去吗？"然后大伯不说话了。

30岁，他结过一次婚，后来老婆出轨，为他留下一个儿子就和他离婚了。此后他就一直单着。周围的人都劝他，再找个人吧，这样也不算是个事。他一直找借口敷衍过去，说"等儿子大点儿""等儿子上了大学""等儿子结婚之后吧"。现在他已经有了快两岁的孙女了，却还是孤孤单单的一个人，住在我奶奶过世之后的房子里。

家庭聚会的时候，大伯不常说话，偶尔说几句，哪怕是一句很没营养的奉承，也没人认真听。于是在没人理他的时候，我都会冲他笑笑，然后耐心听他说一些没什么实际意义的话。然而我一认真听，他倒是变得手足无措了，上一句是“囡囡，你要听父母的话呀”，然后闭上眼睛，似乎是在认真思考下一句该怎么说。再睁开眼睛的时候，却只说了前言不搭后语的“好孩子，好孩子”。

另外一个人，是老爸的高中同学G叔叔，他每隔一段时间就会来家里串门。在我小的时候，记得他每次来家里都会坐很久。后来才知道，他是在向老爸老妈推销保险。可做了几年，他把周围熟识的同学都拉进去买了保险，自己却做不下去了。后来他转行，卖过二手汽车，做过招商代理，现在，他被同伴忽悠入伙，开始销售起贵得要死的女士内衣和男士内裤。

销量少得可怜。他抹不开面子挨家挨户推销，只能又从老同学们开始了。过年前一个礼拜，他再次拜访，和之前的每一次我看到他时一样，永远都是风尘仆仆的样子，那种要使出浑身解数说服别人的决心写在脸上。他一坐下，车轱辘话就像连环炮弹突突射出来：“这款磁疗内衣啊，有减肥防癌的功效，你看人家大明星都用这个……”

老爸想要帮他分析现在的市场情况，他只是反复说：“好几个卖这个的人都赚了大钱，这个路子没问题！”只有偶尔响起的电话才能打断他的滔滔不绝，老妈顺势让他喝口水喘口气。

接下来，我们又被迫听着推销了六个小时的磁疗内衣介绍。送走了他，老爸叹了口气："我啊，现在就怕你G叔叔以后变成你大伯那样。"

他们活得都很辛苦。生活就是一场战争。我敬佩那些在这场战争中挣扎着活下去的人们，可不是所有人的挣扎都值得敬佩。

其实，大伯和工友们相处不好只是借口，他辞职只是嫌那份工作太辛苦；辞职之后，他没有找工作，每天抱着侥幸心理做着靠值钱古董一夜暴富的梦；离婚之后，他对婚姻感到失望，他才30岁，却在心里杜绝了重新开始的一切可能。

G叔叔换了那么多的工作，每次都是一遇到问题就推卸责任，推卸不了就干脆撒手不干；他之前做过的任何一行，只要坚持做下去，不半途而废，他的情况绝对会比现在好得多。可是他偏不，原因很简单，因为他想要的只是一种捷径，一种可以让钱来得很快还可以少付出的方法。

他们可怜，却更可悲。因为他们所谓的挣扎，不是迎难而上，而是敷衍逃避；不是脚踏实地，而是投机取巧。习惯了畏葸不前，习惯了人云亦云，本身缺乏对人和事的理性认识，不动脑子，于是精力和时间就在无意义的挣扎中被消耗殆尽。说到底，他们自己都不知道自己真正想要的是什么，要做到什么地步，要达到什么样的目标。

他们只不过迷茫地活着，迷茫地挣扎着。可是，这种挣扎真的有意义吗？

他们只是看上去很挣扎，很痛苦，很心酸，很委屈，看上去被自己渴望得到某些东西的欲望折磨着。而实际上呢？他们根本不舍得为自己的欲望付出代价。自己都不愿去拼尽全力抓住什么的时候，是根本没有资格奢求别人给你什么的，包括鼓励，包括支持，甚至怜悯。

我有一个闺蜜A，高考发挥失常，考到了一个不好不坏的大学。我回国之后去找她，她带着我参观学校，然后带我去了她的宿舍玩。她们宿舍里一共六个姑娘，我进去的时候是周末的上午11点，除了A，其他的五个女孩都躺在床上，要不就是抱着电脑，要不就是抱着手机。抱着电脑的互相催促："你弄完了没有？""没呢，还差六百字！你那个在哪儿找的？"

A偷偷跟我说，这是快要交论文了，正在补呢。不过说是补，还不是这抄一点那儿抄一点。我有点惊讶：老师都不管？她被我逗笑了：老师谁管你？都抄，也管不过来。过了十来分钟，姑娘们把论文搞定了，开始舒舒服服地靠在床上看起综艺节目来，时不时爆发出一阵大笑。聊了一会儿天，我想跟A推荐几本书，她看上去兴趣缺乏，听着我说了一会儿，然后打开笔记本电脑，笑眯眯地向我建议："我们也来看节目吧。"

这其实就是她们的日常生活。没课的时候，大部分时间就窝在宿舍里，抱着手机、电脑，追韩剧看动漫。我说：这些挺浪费时间的。她也只是讪笑：大家现在都这样。

后来有一次，和A一起吃饭，她告诉我，不想考研了。她说，就算研究生毕业了，一样不好找工作，倒不如本科毕业就开始找，还不用浪费那个时间。如果可以，想考公务员。我说：公务员比研究生还难考。对了，你之前不是还跟我说想考会计证吗？怎么样？她摇摇头：那个太难考了。

我只能换了一个问：你说特别想考的导游证呢？上次我不是说了，虽然阿姨不同意，可是也可以试一试。她摇摇头：导游证也太难考啊。然后她跟我说，她的很多同学和她一样，对未来感到十分迷茫。然后她又说，我很羡慕你，你那边本硕连读，成绩又好，根本不用担心这些。

我只能苦笑。她不知道我在那边一篇论文要改20遍以上；课余时间我都拿来读课内或是课外的原版书籍；或者看美剧听BBC练听力；每天早上6点起床跑步；每周三次游泳；坚持自学小语种……这些我没跟她说过。

当我们在羡慕别人的时候，不如问问自己：和别人相比，我们为了拥有这些，真的有付出过什么吗？或者说，真的舍得付出过什么吗？要知道，这个世界上，做什么都很难，也就根本没有所谓的捷径。

如果你明确了特别想要一些东西，不如再问问自己：我凭什么得到它？我想得到爱情，却没有开始放低身段去追逐一段爱情的勇气，那么我凭什么拥有它？我想要在这一行赚很多钱，却没有用心做好它并且坚持到底的觉悟，反而是遇到困难就逃避，那么我凭什么拥有它？我想要在同龄人之中脱颖而出，却没有要比别人付出更多努力的决心，那么我凭什么拥有它？

没有投机取巧，没有急功近利，只能一步一个脚印，稳妥踏实地往前走。遇到困难没有害怕，遇到打击没有后退，咬着牙为了自己的所求而坚持下去，有决心，也有毅力。

很多人总说自己很努力了，这样就可以得到其他人的一句“算了，他已经很努力了”的评价。而那所谓真正的努力，是成功之后回顾往事的感慨，绝对不是失败之后自欺欺人的借口。

最后，愿我们都拥有为所求付出一切的觉悟，毫不吝啬，脚踏实地，最终如愿以偿。

再不努力，世界就要抛弃你了

1

她今年25岁。家在农村，高中三年，她每个冬天穿的都是同一件棉衣。高考成绩不错，她去了一所一本院校学习意大利语，毕业后成为同学圈子里最早结婚的人，在美国工作，现已和剑桥博士毕业的丈夫定居美国。偶尔在朋友圈里，她发个“今天在英国某个小镇上吃到了某某做的蓝莓小饼干，真开心呀”之类的状态。

我永远都不会忘记大学毕业那年去找她玩，她请我吃饭时对我说的那一番话——现在回望过去的四年，我敢问心无愧地说，这四年里的每一天我都没有虚度，每一天都很努力，每一天都在成长，每一天都有收获，每一天都在进步！从那之后的很长一段时间，我都不敢回想自己大学四年都在干什么。有朋友说她运气好，遇到了好机会，但我知道如果没有超乎常人的勤奋和坚韧做准备，即便遇到再好的机会也无力把握。

2

她今年25岁。和我上的是同一所普通二本院校，教育技术专业，李宇春铁粉，校女子篮球赛MVP。毕业后去了北京娱乐圈做经纪人，发通告，跑片场，接演出。一年后，她被父母强制要求回家乡小县城参加教育系统招考，无奈回到乡镇中学当计算机老师。去年2月贷款创业，到现在，她开的酒吧无论是服务、知名度、盈利状况都超出本地平均水平，酒吧收入远超教师的收入。

我见证了她的酒吧从诞生到发展再到现在的所有过程，我问她，从北京到小县城这么大的生活节奏变化是如何调整的，回来不觉得遗憾吗？她说，是挺遗憾的，但是遗憾没用，只有全力以赴做好当下的每一件事。虽然当初在北京跟她同一批入行的同事现在都月薪过万了，但她并不在意，她说现在她知道自己想过什么样的生活，每天都在路上。

3

她今年25岁。高中时学习成绩优异，大学时积极参加社会活动，曾是校报记者。毕业后，去上海一家广告公司做文案策划，每天挤地铁时是运动鞋，到公司楼下换高跟鞋，做了几个案子后很受赏识。可刚站住脚，就被父母强制要求回家参加县公务员考试，顺利通过进入县局级单位，还没上任便辞职了，因为她之前参加的国考也应试成功，去浙江当公务员了。

当所有的同学、朋友都在赞叹她考试无敌的时候，有谁知道她在那些失眠的夜晚，因为害怕自己永远都要过这种小县城的生活而难过流泪；有谁知道她从回来的第一天开始，就下定了一定要再回大城市的决心；有谁知道她为了备考，在参加各种面试指导课程时，又是以怎样的坚韧和毅力克服孤独和苦涩。上个月打电话问她最近怎么样，她笑着说昨天刚发现一个喝茶休闲的好去处。

4

他今年25岁。家里条件一般，上学时因为英语太差，研究历年高考英语选择题的答案分布，得出一条规律：选答案最长的那个，要是两个一样长就选C。大学读的是很一般的学校，毕业后看准电子商务，从在网上卖鞋，到拥有自己的独立商城网站，几家分店，上百名员工，再到现在时不时发个“日出三千单，又破了自己的纪录，快递再不送单子过来就要被买家投诉啦”之类的状态，也就三年时间而已。

其实我跟他并不是很熟，也从未在他的店里消费过。我不知道创业初期，他丢了身份证、银行卡和12000元货款的那个夜晚，躲在被子里哭时眼泪是什么味道；不知道他坐一个小时公交车，去给买家送一双36元钱的鞋的那个夏天的中午到底有多炎热；不知道他那时一遍一遍地教客户从注册账号到确认收货再给卖家评价，付出了多少耐心，收获过多少喜悦。但我一直记得他有篇回顾自己创业心路的日志的最后一句——谢谢那些在我背后默默支持过我的人！

我一直觉得，在当今的社会里想要取得一点成绩，也许并没有想象中那么难。绝大多数人浮躁、懒惰、拖延、没有方向、好逸恶劳，只要你比他们稍微专注一点、努力一点、用心一点、多学一点、多做一点，就已经走到很多人前面了。

当25岁的你觉得自己一事无成时，对自己应该做点儿什么真的一无所知吗？同样25岁，为什么有的人事业小成、家庭幸福，有的人却还在一无所有的起点上？

因为上帝说了，他不能把世界交给这些懒汉。

3
Part

不去抱怨，让自己笑起来

趁着一切都来得及，停止抱怨，做一个独立自强的人，成就全新的自己吧。

剽悍的人生，从来没有抱怨

1

大家都知道祥林嫂。

就是那个丈夫死后，被婆婆卖到山里的可怜女人，小说里大部分人是觉得她讨厌的。

抛开封建与时代因素，她本人也的确是惹人讨厌的。

在没有被卖到山里之前，祥林嫂性格是倔强的，她不服输，通过各种手段让自己成为被大家接受的人。那时候的祥林嫂，一个很明显的特征就是话少，是干活的好手，她提着一口劲要改变自己的地位，不做别人眼中不祥的人。

所以，虽然她是寡妇，但大家还是挺喜欢她，只要她不去碰寡妇不能碰的祭祀的东西，还是能很好地活下去的。

但是当她的儿子被狼叼走之后，祥林嫂就完全变了个人，她彻底蒙圈了，不再试图证明自己不是不详的人，她接受了命运，从心底里觉得自己是弱者。

然后，抱怨，成了她唯一喜欢做的事。这时，她才成了那个人见人厌的祥林嫂。

只有无能的人才爱抱怨，她本是个能干的人，后来变得人见人厌，便不能只怪封建时代了，祥林嫂自己也有责任。

哀其不幸，怒其不争。

一味抱怨的人，是放弃了改变的。他们的身体歇了下来，不肯辛苦，但脑子却不接受蹉跎，要一直抱怨。这是典型的让身体闲着，把烦恼留给灵魂，这就是无能啊。

不满就去奋斗，祥林嫂还奋斗过呢，我们能比她阻力更大？阻挡她的是整个封建社会，而阻挡我们的，往往只是自己而已。

2

曾有个同事，每天都在抱怨。

抱怨公司里人际关系复杂，自己的直属领导人渣一个，把下属的工作成果说成是自己的，拿去邀功。抱怨工作索然无味，重复无聊，不知道这样下去还有没有前途……他愤世嫉俗，觉得全世界都欠自己的。

终于有一次，我打断他的抱怨，说，那你离职啊，这么糟糕的地方，你为什么愿意待着？

他愣了几秒，说，我怕找不到工作……

一语点醒梦中人，是啊，怕找不到工作！

愿意改变的人会怕这个吗？在我们现在这个社会，所谓的稳定，再也不是能傍上一个企业一辈子，因为越来越少有企业可以活一辈子。现在的创业公司，寿命能有十年，就算是相当不错了，很多都是两三年就完蛋，也就是把投资人的钱花完而已。

所以说，现在的稳定，是一个人在哪里都能活。他不依赖于一家公司，也不执着于一个地方。他们可以与时俱进，让自己永远有用，他们可以挑用人单位，有选择的权利，而不是必须在一个地方混吃等死，边不满边抱怨。

3

真正会付诸行动的人，是不屑于去抱怨的。

他们会首先想办法改变现状。

最近有个作家走红了，叫范雨素。她是农民工，在北京，做服务员和月嫂。是中国大地上再普通不过的穷苦农民。但是现在，她只用一篇文章，就火遍中国。当然，她的文章我就不去拔高文学价值了，文学毕竟也是有门槛的。只有一点，写的是非常能令人产生共鸣的。一般的写手都不一定能做到，这一点，她是相当不错的。

比起她的文笔，我更赞叹的，是她面对挫折的态度。她从不抱怨，只会用行动去改变。

她已经40多岁了，这半生，她经历了数不尽的挫折，但却依旧成为一个有文学素养、有思想的人。

她12岁时，因为读书太多，向往书中流浪的生活，所以她离家出走了。三个月后回来，父兄认为她是个伤风败俗的女孩，要把她赶出家门，因这“伤风败俗”，她再没机会上学。

没机会上学，又是女孩子，一般人就会这样认命了，顶多抱怨抱怨。但是她不，她选择只身一人闯北京，没有学历，没有关系的她，干活的速度还没有别人快，她陷入穷困。这时候，她遇到了自己的丈夫，顺利结了婚，婚后发现丈夫是个酒鬼，经常酗酒家暴。

她再一次果断做出选择，没有忍受，没有抱怨，而是果断离婚，带着两个女儿回娘家。家里哥哥却不接受她，嫁出去的女儿泼出去的水，她无家可归了。但是她没有沮丧，立马带着孩子们就又去了北京，她来做小时工，养活两个孩子。

不管是遇到事业困境，婚姻挫折，还是养育孩子的艰难，她都没有摆出弱者的姿态抱怨生活。她一次次地陷入绝境，又一次次地把自己捞出来。

她做的每一个选择，都能让自己摆脱之前的困境，逃离令自己不舒服的环境。她说自己内心很强大，无法改变的事，也不必抱怨。

4

逃离，是一种本事，没有本事的人，根本就没资格逃出。

有多少女人，宁愿忍受家暴也不离婚，她们口口声声说是为了孩子，其实只是自己不敢面对离婚之后，要独自抚养孩子的现实。她们已经很多年不工作了，甚至不敢走向大城市，面对陌生，满心的恐惧，这恐惧，比丈夫的毒打要恐怖多了，她们觉得自己无法生存。其实，哪有那么恐怖，去饭店洗碗都比家暴好受。逢人就抱怨没有用，要用行动改变才行。

有多少公司的职员，每天都在抱怨公司，但是就是不走。因为他们无处可去啊，他们要是真有本事，就多的是想挖他们过去的公司，何苦这么纠结？

既没有资本走，又说服不了自己踏实地留。这种人是最无能的，而且无耻。公司得罪他了吗？公司可是大慈善家，收留了这样一个负能量还没什么本事的员工，还按时付工资呢。

收起没用的抱怨，缺哪补哪儿，哪有问题改变哪儿，是你能力不行就提升能力，是公司不行就踹了公司，若都做不到，那就接受。抱怨有什么用？除了证明自己的无能？

别让时间偷偷溜走

周日，在火车站看到一对外国老夫妻。他们落座之后，只互相示意地笑了笑，然后说了句“Good luck”，就拿出了包里的书。之后，在火车进站之前，他俩都各顾各地看书，没有说一句话。在偌大的车站中，大多数人都在聊天、发呆，在一种看似喧闹的环境中不停地排挤自己的无聊。而在我的视线范围内，独独他们两个，很特别，当然不是因为他们的长相和肤色。

我走了许多地方，见了许多人之后，发现中国人的发呆水平和聊天水平，真的是全世界数一数二的。因为国人对于时间这个概念理解得很抽象，觉得它是游离于自身之外的。所以，自然对如何支配时间无法自处。比如，我和好友出去旅游的时候，很少见到有人是带着书，或者是带着自己的兴趣爱好出游的。我不能把那些我所见到的呆滞的眼神违心地解释为在思考，只能说，可能在放松心情，但基本上是浪费时间。

中国人的无所事事，大多源于从小的教育。许多中国人成长在一种目标式教育和被动式学习的模式中，从而丧失了我想做什么的意识。从小，我们就被要求在既定的目标中奋发向前。许多人的兴趣爱好从读书开始就被扼杀在摇篮里了。有人戏说，四五岁可以学自己想学的，八九岁可以在自己想学的和不想学的之间挣扎，十来岁就是完全在自己不想学中学着。所以，到十八九岁参加完高考，许多年轻人发现自己除了会考试，什么能力都没有。这就不难理解，为什么有些人在读完书之后，发现内心寂寞，比读书时更难受。因为，没有了目标，发呆便成了最好的选择。

以色列大家都知道，这个以犹太人为主的民族对时间的支配能力是惊人的。一年50本的阅读量，是世界上许多国家人均阅读量的数倍甚至几十倍。这个国家，甚至连乞丐都识字都读书，也无怪乎被称作“最聪明的国度”。我一个朋友从以色列回来之后，就感觉经历了一场洗礼，之后他出门必带一本书，哪怕翻两页，也觉得安心。当然，也不仅仅是以色列。我想起在澳大利亚的时候，同火车的许多人或是读书或是拍照，只有一个中国老太太一直喋喋不休地自言自语，一个不知是哪国的年轻人礼貌地回头：Be quiet（保持安静），弄得中国老太太有点尴尬。我们大多数人都忘了有一种能力——我想做什么。

我所读的大学是一所三流学校，不用说，找不到好工作的学生一般有两类：一是学习成绩平平，不考研又没实践能力；二是自暴自弃型。这，也代表了许多当下年轻人的现状。当别人不再给你目标的时候，你发现自己就找不到任何生活的目标了。于是，无所事事成了最真实的写照。

当然，也有努力想改变却没去改变的。比如前两天，有个朋友和我说，你看，我发展什么兴趣比较好。我说，你喜欢什么。她说，画画吧，可是我不会啊。哦，还是算了吧。然后，转身就没声了。她就是这样，可以自己给自己一个无聊的借口，却从来不给自己努力的理由。我想到摩西奶奶，她天生不是画家，据说画画也是后来才开始的事。可是，她还是达到了我们可见的成功。因为自始至终，她都知道自己想做什么，知道自己在有限的时间里做什么。

若干年前，我时常看到许多发呆的年轻人而痛心，不过，后来我想，我究竟在痛心什么呢！不如好好利用这痛心的时间来读书，哪怕没有目标，至少也在具体的时间里做了一些什么。于是我开始读书，开始写作，开始思考……

成功人士和平庸之辈的差别

五年前，A先生还在一家营销策划公司工作，当时一位朋友找到他，说自己公司想做一个小规模的市场调查。朋友说，这个市场调查很简单，他自己再找两个人就完全能做，希望A先生出面把业务接下来，他去运作，最后的市场调查报告由A先生把关，当然了，会给A先生一笔费用。

这的确是一笔很小的业务，没什么大的问题。市场调查报告出来以后，A先生也看出其中很明显的水分，但他只是做了些文字加工和修改，就把它交上去了。

之后，几位朋友邀请A先生组成一个项目小组，一块儿去完成一家大型娱乐场所的整体营销方案。没想到，对方业务主管明确提出对A先生的印象不好，原来此主管正是当年那个市场调查项目的委托人。

听到这个消息后，A先生大吃一惊，但是为时已晚。

事已至此，再回过头来想想，当时A先生得到的那点钱根本就不值一提，而当初的敷衍塞责却造成了现在如此大的负面影响！

在你的生活和工作中要随时谨记：没有可以随意打发、糊弄的小人物、小事情，如果随意忽视这些细节，必然无法达到自己的目标和要求。

人生目标，绝非一蹴而就，它是一个不断积累的过程。矢志追求者必须勇于从平凡中崛起，在淡泊中丰富智慧、孕育卓越。

约翰·布勒起初只是美国通用汽车公司整车装配线上的一名杂工，他的成功，就始于工作中一次次平凡的积累，正是抱着积累平凡就是积累卓越的工作理念，他在30岁就擢升为公司总领班的职位，成为通用公司最年轻的总领班。

约翰是在20岁时进入工厂的。工作一开始，他就对工厂的生产情形做了一次全盘的了解。他知道一部汽车由零件到装配出厂，大约要经过十个部门的合作，而每一个部门的工作性质都不相同。

他当时就想：既然自己想在汽车制造这一行做出一番事业，就必须对汽车的全部制造过程有深刻的了解。于是，他主动要求从最基层的杂工做起。杂工不属于正式工人，也没有固定的工作场所，哪里有零活就要到哪里去。因为这项工作，约翰才有机会和工厂的各部门接触，因此对各部门的工作性质有了初步的了解。

在做了一年半的杂工之后，约翰申请调到汽车椅垫部工作。不久，他就把制椅垫的手艺学会了。后来他又申请调到点焊部、车身部、喷漆部、车床部等部门去工作。在不到五年的时间里，他几乎把这个厂的各种工作都做过了。最后他又决定申请到装配线上工作。

约翰的一位朋友杰克对约翰的举动十分不解，他问约翰：“你工作已经五年了，总是做些焊接、刷漆、制造零件的小事，恐怕会耽误前途吧？”

“杰克，你不明白。”约翰笑着说，“我并不急于当某一部门的领导。我以领导整个工厂为工作目标，所以必须花点时间了解整个工作流程。我正在把现有的时间做最有价值的利用，我要学的，不仅仅是一个汽车椅垫如何做，而是整辆汽车是如何制造的。”

当约翰确认自己具备管理者的素质时，他决定在装配线上崭露头角。约翰在其他部门干过，懂得各种零件的制造情形，也能分辨零件的优劣，这为他的装配工作带来了不少便利。没过多久，他就成了装配线上最出色的人物。很快，他就晋升为领班，并逐步成为15位领班的总领班。如果一切顺利，他将在一两年内升为经理。

在工作中，没有任何一件事情，小到可以被抛弃；没有任何一个细节，细到应该被忽略。同样从事一种平凡的工作，不同的人会有不同的体会和成就。不屑于做小事的人做起事来十分消极，只会糊弄工作；而积极的人则会安心工作，把做小事作为锻炼自己、深入了解公司情况、加强公司业务知识、熟悉工作内容的机会，利用小事去多方面体味，增强自己的判断能力和思考能力。

俗语说得好：“罗马不是一天建成的。”既然一天建不成辉煌的罗马，那我们就应当专注于建造罗马的每一天。这样，把每一天连起来，终将建成一个美丽、辉煌的罗马。

我们要实现卓越的人生，就要注重工作中平凡的积累。为了达到大目标，就要先设定小目标，这样就比较容易达到目的。许多人会因目标过于远大或理想太过崇高而轻易放弃，这是很可惜的。若设定了小目标，便可较快获得令人满意的成绩。你在逐步完成“小目标”时，心理上的压力也会随之减小，大目标总有一天能达到。

成功人士和平庸之辈的差别，就在于前者注重积累，注意利用身边的每一件小事锻炼自己，将生活中一个个平凡的目标当成自己实现卓越的阶梯，而平庸之辈只会好高骛远、轻率冒进，或者因为目标难以达到而放弃奋斗。

生活很轻松，生活很费力

看起来生活得很轻松，其实你很用力，因为在人生成千上万个困惑的拐角，只有遵从内心的爱，才是幸福的出路。而这样强大的内心，需要很多力量，所以唯有轻松，我们才能坚持得更久。

女友发来微信说周末要搬家，她在公司附近租了房子，节省了路上的时间，工作之余可以多陪陪两岁的女儿。女友说，我也要好好打理家，像你一样认真洗衣、做饭，让爸妈和女儿生活得安稳些，现在我是家人的依靠。

女友离婚一年，我看着她从最初的慌乱无助渐渐走向平静从容，其中的艰难和挣扎即便她不说，我也能感同身受，她终是好起来了。

女友说，这一年我深刻体会到了生活的压力，因为没有依靠，我只能选择坚强面对，就像练瑜伽“要看起来很轻松，其实你很用力”，你一直都是这样生活的对不对？

是的，我一直都是这样的，也一度因为如此，我有过挥之不去的孤独感，而写文字也是一份极尽孤独的工作。但孤独在生命的某些阶段也会是一种沉淀，在孤独的时候积蓄力量，才能在不孤独的时候绽放才华。凡是那些害怕孤独，整日里在饭局、酒桌、歌厅、人群里寻找存在感的人，一定会淹没在芸芸众生里，每个人看上去都活得很用力，轻松的却从来不是心。

孤独会让你变得出众，而不是不合群不好相处，彪悍的人生不需要解释，很多人都只是我们的路人甲，当我愿意极尽温柔的时候，一定是对那些值得的人。我不浪费情感，情感自然就不会受伤，我还是不忙，因为一直有享受生活和情感的时间。

谁的生命中都有过一段特别艰难的时光，如何度过其实并没有什么特别好的办法，有时候或许还会持续很久。我也曾走进最深的黑暗窒息到心生绝望，但每每这时我就会告诉自己，该来的都来吧，反正我已经失无所失。

我挺住了不倒下，运动健身，让自己不生病，还要打扮漂亮去和女友下午茶，然后站在雨夜的路边，等属于我的那一个晴天。

你一定会问我：你等到了吗？

我也一定会告诉你：穿越了悲伤生活就会展露笑颜，克制了有条件做却不能去做的冲动，情感才会渐入佳境，当我面对诸多麻烦也能平静应对不言苦痛，心就会慢慢被自己的纯真暖过，原来我才是那一个晴天里的阳光，也明媚了别人的眼睛。

这个世界，原本没有解决不了的事情，只有不想解决事情的人，如果真是没有办法了，我们还可以把它交给时间，自己什么都不想也什么都不做，拖着拖着就黄了，晾着晾着就凉了，冷着冷着就忘了。

很多人都在感叹世态炎凉，于是都为此有了一部自己的哀伤，可究竟有多少世态炎凉是真正和我们有关的？那些哀伤里免不了也有自己拉开的序幕，或者自己搬起的石头。换句话说，你做人越挑剔越算计越虚伪，你看到的人性之恶就越多，你经历的世态炎凉也就越多，即便有一时得意，那心底的空虚也会如影随形。

如果患上了“成功强迫症”，我们又容易活得用力过猛，过分强调自己的能力或是证明自己的优秀，往往是因为骨子里无处不在的脆弱和自卑。那些在世态里摸爬滚打却不道炎凉，看起来波澜不惊的人，才活得真正用力，哪怕迎风接雨也要用一个最漂亮的样子，所以看起来永远生活得很轻松。

身在路上都会在一些成与不成、爱与不爱、走与不走之间苦痛伤愁，原本都没什么大不了的，这只能证明我们曾经爱过和执着过，结果有好有坏，有聚有散，实际上我们应该有承受的能力，毕竟都是自己最初的选择。而那些在伤痛里爬不起来的身影，失去的其实是自信与勇敢，这两点，别人给不了但也毁不掉，我们自己给自己，也只能自己救自己。

在一些不屑的骄傲里，也有着生存的智慧，生活的美好里也包含着残酷，你善良它就美好，你阴暗它就残酷。

文字的力量之所以有限，是因为我们只看自己认为需要的东西，心灵鸡汤之所以变成了打鸡血，是因为迷茫的我们总相信努力就可以把自己带向成功，可拼错了方向，才华也是一种浪费，看起来就急功近利的脸实在不可能让你达成所愿。

我并不认为单纯地换位思考就能让我们走出困惑，而是要切合实际地为自己定制短期计划，终于开始迈向新世界的第一步才是重中之重。很多人都是看起来活得很用力，甚至拼到了矫情，当“努力”漫天飞，“忙”字总刷屏的时候，本该轻松的生活变成了活给别人看的木偶剧，本该是港湾的家倒成了最不安稳的隐患。

很多人问我：你如何度过人生最艰难的时光？

除了硬挺着做好手边能做的事，我依旧无良方可给，但那种能够排解烦恼和孤独的好心情倒是有办法找到的。

今晚的北京在冷空气过后变得月朗星稀起来，正是去故宫散步的好时候，宫墙柳和角楼上的月色，筒子河畔三三两两散步、跑步的男女，空无一人的午门前广场，走着走着就又心生了希望，至少我还可以来这里触摸这个城市最厚重又最柔美的地方。

我从来都不觉得自己是坚强的，所有没事不惹事，但也不觉得到底能有什么好怕的，所以事来不怕事。看起来我活得很轻松，是因为我不想辜负了年华，不想慢待了生活，不想薄凉了情感。其实我一直很用力，是因为年华易老我还要拼脸，生存很难我又要拼才华，情感好沉我要在拼脸也要拼才华之后，才能长成一棵会开花的树，从此不再寻找不再失去。

当你在不那么美好的日子里也能风姿绰约，在不那么体面的挣扎中也能保持笑容，就能感受到晴天里的暖阳是一种很用力的幸福，雨天里的等待本该是一种很轻松的姿态。

撕破假象，找到真实的自己

一名刚上大二的姑娘对我说她很想放弃学业，讲了很多原因，比如宿舍三个人考计算机二级，两个人过了，唯独她没过；和同桌一块儿考四级，还是她没过，于是她质问道：“我很聪明也很努力，为什么不能远远地超过别人，反而被不聪明也不努力的人甩在后面呢？”这种落差让她身心疲惫，不堪重负。

我试着引导她说：“你不要只盯着那几个成绩比你好的人，也许在整个班级里你的成绩已经非常好了。”

她有些愤怒地说：“是的，班里过四级、过计算机二级的不过就那几个人，可我就是想成为那几个人之一，因为我和那几个人都是好朋友，在我眼里，所谓的大学班级就是由这几个学习的人组成的。”

她说的这句话让我找到了症结所在，她就是一个活在假象里的人啊，并且这种假象是双重的。第一重是“我自己很聪明，也很努力”。我不知道是谁赋予了她这种自信，虽然她称自己是一个自卑的人，但这完全就是底气十足的人才会有的语气啊。我不相信努力了，英语四六级会过不了，计算机考试会过不了，这些东西无关天赋和运气，通过辛苦的练习就可以攻克。没有通过，就不要再说自己很聪明也很努力了，更不要再把自己纳入仅有的几位优秀学生的行列之中了，即便你们是朋友，也不等于你就和她们一样优秀。

第二重假象是“别人都不努力”。我曾经和朋友讨论过：“你们觉得身边的人都在为自己的未来奋斗吗？”大多数给我的反馈都是：“即便是那些表面在混日子的人，其实背地里都在努力。”我不明白这位姑娘为什么会认为“其他人都没有在学习”，这种心理本身就是扭曲的，把别人无理由地踩在脚下，自己无理由地趾高气扬，最后的结果当然也是你无理由地摔得很惨。

要想让自己活得舒适，就要生活在一个真实的场景之中，而不是被假象包围着。假象固然能带给你虚荣，但幻灭得也极快。一定要摆正自己的位置：自己不够努力，也不是那么优秀，理应考试不过，理应普通得被人群淹没，理应面对眼前的一切。只有对自己坦诚，只有卸掉你的伪装，才不会身心疲惫，也才有力量找准方向继续前行。

这不禁让我想起自己大学时候接触到的三位闺蜜。她们本来是因为性格、爱好才结成“三人行”的，如果平常只是一起看看剧、逛逛街，那肯定会一直亲密无间。但不料，其中一个女生入戏太深，以为她们之间不仅性格、爱好相似，连能力、特长也一样，于是，当那两个很擅长新闻的女生去向媒体投简历时，平常只看言情剧的她也跟着去投了，结果当然是只有她落选；考研时，那两个学霸女生都选择了考名校，平常不怎么在乎成绩的她也不甘示弱，选择了同一类大学，最终连国家线都没过。

等到大学毕业时，她已经和另外两个女生一句话都不说了，还到处宣扬她们两个瞧不起她之类的言论，可在实习和考研的过程中，那两位女生明明是花了很多心思劝说她、给她建议的，只是她拒绝接受，也拒绝承认。

我见过很多对能力差值很大但是依然玩得很好的闺蜜，闺蜜嘛，就是腻歪在一起的好朋友，没有人希望在最日常的生活中都要谈理想，都要志同道合，能说到一起玩到一起就足够了。如果那位女生不生活在自己能力也很强的假象中，估计毕业多年后，三个人依旧是熟络得不行的好朋友。

人人都愿意做美梦，同样，人人都期待活在假象里永远不要醒来，可这也只能想想。假象这东西不比美梦，很快就会被现实戳破，如同小孩子吹出的泡泡，前几秒还五彩斑斓，下一秒就消失得无影无踪。

尤其在爱情中，这种活在假象里的生活方式更是要不得，但现实是多少女人躲在假象中不出来啊。

男友劈腿尽人皆知，只有你还以为那一切都是骗人的，即便是事实，那个男人也是爱你的，你是可以尽一己之力挽回的。

做“齐天大剩”好多年了，周围的朋友依旧在赞美你说：“都是你太优秀了，很少有男人配得上你。”于是，你继续心高气傲地等。几年之后，优质的男人都被旁边的丑女人抢走了，你这个“白富美”依然抖擞精神，继续战斗。

我们是一样的，但又是不一样的

1

之前看过一个访谈，嘉宾说起她在公关公司工作时的经历。她说，就在她每天乐乐呵呵上班，中午在食堂吃饭，每天没心没肺傻乐，从来没想过以后的时候，终于有一天，一个平时并不太说话的女性同事走过去对她说，“如果你就一直这样下去，那么十年之后，你看看你什么样，我什么样。”

对她说这番话的女性同事，除了上班做好本职工作之外，拼命复习托福、GRE。她严谨、理智、自律，虽然和大家在同一家外企，做着同样的工作，没有职位高低之分，没有工作内容贵贱之别，但是她心里知道，她和他们不一样。

或者说，她只是，现在，暂时，看上去，和他们一样。

2

我们都以为，每天浑浑噩噩得找不到方向，做着味同嚼蜡又或是得心应手的工作，除了上班就是买买买和吃吃吃，觉得身边的人也都和我们一样，于是便更心安理得地过着这样日复一日的生活，除了闲时抱怨无聊之外，也并没什么不妥。

然后时间一天一天流走，我们觉得好像除了八卦、闲聊，这么些年，并没有长进什么。而再看看身边，总有一些人，和我们一样浑浑噩噩，但也总有那么几个人，甚至一个人，他们曾经和我们站在同一起跑线上，他们跑着跑着，我们就再也看不见他们了。

后来，我们只能在电视上，在杂志的内文页里，再次看见他们的名字，再次读到他们的故事。而那个时候的他们，已经把我们远远地甩在了后面。

就像前面提到的那位女性同事，后来她离开了那家外企，凭着公关公司的工作经验，加上平日挤出时间考出的托福、GRE成绩，去美国读了商学院，毕业后创了业，再后来，她的公司上了市。

而那些原本和她做着同样工作的人，也许还停留在原地。

3

大四的时候，我在电视台实习。实习生大多做着差不多的工作，无非资料搜集、简单编辑，或者跟着记者出去，帮着提一下三脚架。

我记得有一个女生，瘦瘦弱弱的，也做着这些最基础的工作，但不同的是，我们大伙儿在食堂吃着实习生的免费午餐，大聊特聊那些大四毕业找工作的话题时，她总是在翻阅资料，匆匆吃两口又坐到编辑机前。

我们常常说她，这些都是无用功，你找了这么多材料，到头来这个选题拍不拍还不知道呢。

她也总是笑笑，就继续埋头干活了。

后来，这个女生并没有留在台里工作，我们更是觉得实习时那么拼命的时光真是有些浪费。

再后来，我在一个新锐导演的颁奖活动上又见过她，她拍的纪录片拿了那一年的最佳导演大奖。看着她站在舞台上波澜不惊的样子，我脑海里出现了当年一起实习，大家问她选题都不知道要不要拍呢这么努力干嘛时，她也是这样一个平静淡然的笑容。

想起实习时那个当初，我们以为努力与否是一样的，还不是做着同样的选题，吃着同样的盒饭吗？

讲真，那个当初，只有我们傻傻地以为，我们是一样的，共同发愁一些鸡毛蒜皮的临毕业的小事儿，最大的抱负也就是留在实习的电视台工作，如此而已。

而她，只是暂时看上去，和我们一样。她在电视台实习，心里却装着另一个世界。

4

仔细想想，我身边竟都是这样的朋友。

我永远记得一个午后，在一家美式汉堡店，一个非常能干又强大的男生对我说，他们地区的office要撤了，职位没了，他要和几年前一样，做最基础的工作，并且和他曾经的下属们平起平坐。

我接下去就问他，所以，你打算去哪儿？

他毫不犹豫地说，他哪儿都不会去，他会留在这个公司，继续做中国其他地区的业务，一切重头再来。

我再也没问过，后来他是怎么度过那些落差极大的日子的，因为我知道，他只是暂时，只是那个当下，看上去和他原来的下属们一样。

只是看上去一样而已。

就像，你看见鸭子浮在水面上悠闲自在，但是你有看到过，它们的脚掌在水下拼命地划水吗？

我没有失望。再后来，我在电视新闻里看到过他的镜头，一闪而过，站在他们最大的boss身旁。

5

如果你正在失落，高考没发挥好，去了一所并不理想的大学；

如果你正在失望，自己为什么会走到这一步，和一群完全不是同一level的人一起工作；

如果你的同伴嘲笑你的梦想；

如果你也开始怀疑自己，是不是就要这样，淹没在地铁茫茫的人群中……

那么，请一定记得，我们只是现在看上去和他们一样而已。

不是所有的路在一开始就能看到前方的灯塔。不管黑夜再漫长，夜路总会有走完的那一天。前方，天总会亮，道路总会通明，我们总会到达我们想要去的远方，因为从一开始我们就知道，我们和他们不同，我们只是暂时，看上去，和他们一样。

愿所有走夜路的人能够彼此安慰。

愿有志者一路坦途。

影响你人生的，是年轻时的环境

1

很久之前，读过海明威的一句话。

“如果你足够幸运，年轻时候在巴黎居住过，那么此后无论你到哪里，巴黎都将一直跟着你。”

后来我有一个朋友真的搬去了巴黎。后来，她的朋友圈里全部都是街拍，巴黎街头的咖啡馆，塞纳河边的画板，打扮精致的老妇人，踩着滑板呼啸而过的年轻人。

她去巴黎之前有着体面的工作，薪水颇丰，她在CBD上班，住在陆家嘴满是老外、租金不菲的小区里。周末和闺蜜们shopping，买她爱的鞋子、包包，然后在周一到来的时候，继续加班赚钱。这是特别上海的风格。日复一日，日子过得有风有雨，但没有巴黎。

她想起了海明威的这句话。

她说，如果我年轻的时候在巴黎居住过，那么人生到底会有什么不同?

她就这样去了巴黎，用存款交了学费。租住在市中心的一个小小的阁楼里，每天除了去学校上课，还要去甜品店打工赚一点生活费。晚上打工回来踩着旧式木板爬上阁楼，发出咯吱咯吱的声响，和她在上海的生活完全是两个模样。

我问她，所以，巴黎究竟有什么魔力，能让人此后的一生永远怀念，或者说，能深入骨髓地去影响一个人？

她说，不是巴黎。是你年轻时候居住过的地方。

2

我好像懂了。

你年轻时候去过的地方，居住过的城市，它们都深深地影响着你。巴黎也好，纽约也好，北京也好，又或者是大理、桂林和我们居住的三线小城。

因为每个城市都有它与生俱来的气质，并且这样的气质将在你年轻的时候，悄无声息地浸润你，影响你，改变你。

这个去了巴黎的姑娘，一改在上海时的快节奏生活、高频率消费的模样，好像住在巴黎，整个人都和这个城市一样闲散慵懒了起来，却又带着一丝不苟的精致。现在，她在塞纳河边跑步，在夕阳西下的时候停下来摸摸路边的小狗。

她从来没有想过自己会去甜品店打工，因为以前她看不上这样的工种，以前加班做项目到半夜，她蓬头垢面穿着人字拖在高级写字楼里吹着冰冷的空调。

现在即使白天上课再疲累，哪怕只是去甜品店打工，她都会打扮精致，她认真地摆弄着蛋糕的纸托，仔细地调烤箱的温度，她对每一个客人发自内心地微笑。并且，直到晚上下班回到小阁楼里，眼线都不会花。

她变得细腻而美好，变得开阔而笃定。

她说，这是你20多岁的时候，一个城市对一个人的改变。

3

如果你问我，对于一个20多岁的姑娘来说，什么最重要。

那么一定是，眼界。

有一个师妹对我说过，这辈子最不后悔的事情，就是去美国读了研，在纽约生活了两年。哪怕读文科硕士的感觉像是用生命换来了一个学位，但是纽约生活令她终生难忘。这个城市的包容和多样性，让所有的文化和价值观都能找到自己的位置。

纽约有纸醉金迷的模特圈娱乐圈，那里流行一句话："如果你能够让纽约知道你的名字，那么全世界都将知道你，因为这里是纽约。"

纽约也有各式各样的NGO，他们为不同的弱势群体代言，如果你看到一个哥大女生放弃华尔街优渥的offer而去了NGO，这一点也不奇怪。

“纽约聚集了各式各样从五湖四海过来的人，不是聪明人就没有资格住在纽约，这里的每个人都有他们的才华和故事。纽约就像装了一个沙漏，过滤掉了无聊的人，剩下的都是漂亮又聪明的人。”师妹说，她终于在一个辽阔的世界里，发现人和人之间是如此不同，大家想要的东西也是如此不同。

4

如何才能有更宽广的眼界？

我想，关于到底大城市好还是小城市好，那个永恒的问题终于有了一个很清晰的答案。

如果有机会的话，千万不要贪恋安逸和温暖，你要在年轻的时候，住在一个大城市。

它给你多样化的价值观，它告诉你人生不是只有一种活法。

在这个充满偏见、不理解，甚至一语不合便恶言相向的时代，能够接受别人有不同的三观，不同的活法，是多么重要的事情。它直接决定了你的气度，你的待人接物，你的胸怀抱负。

然后，你就不必去理会三线城市七大姑八大姨的催婚，因为她们并不知道“30+”的姑娘，有事业，有爱情，多姿多彩地生活着，还抱怨时间不够用，还有太多精彩没来得及去体验。她们骄傲地活在商业社会以及她们想要的爱情里，和世俗想象的大龄剩女的惨淡现状根本就是两个世界。

然后，你也不必去理会小学同学对你说，那个小城市机关里是多么其乐融融，他们下午3点，还组织一起打羽毛球呢；因为他们并不知道在大城市努力工作的爽感，那些你的计划书被采纳，那些你做出来的产品居然有几千万用户，那些辛苦工作犒劳自己买买买的时刻，他们不懂。

你只有早早看见过最好、享受过最好、体验过最好以后，你才有资格说，我选择在大城市生活，还是选择在一个宁静的小城市里生活。你只有见过一切，你才有资格选择。

认识一对30多岁的记者夫妇，他们20几岁的时候，在北京以及欧洲工作，跑会写稿写深度观察，至今你在网上搜索他们的名字，百度出来的稿件有几十页。在30多岁的时候，他们选择去广西定居。如今，他们在山清水秀的地方，写字画画，教小孩子弹琴，那是一种走过世界的笃定，安然偏居一隅。

5

如果你20多岁的时候，去过最美的地方，看过最美的风景，看到过这个世界是如此的壮丽而辽阔，看到过这个世界上的人是如此不同，那么你会安然接受生活给我们带来的欢乐和苦难。因为如果欢乐必不可少，那么我们也应该能够坦然接受暂时的挫折和困难。

你心里会明白，你见过这个世界上的好，你见过这个世界上真的有人在过着你想要的生活，你知道你值得一切更好的东西，所以你会更加笃定，更加心无旁骛地努力。

如果有一天，我回到圣保罗，看到之前住过的公寓，去过的露天咖啡馆，见到天生乐天派的巴西人，我想我一定会感慨，原来这么多年，它一直都跟着我，整个拉丁美洲都一直跟随着我。它们带给我对生活的启发，带给我的热情和豁达，决定了我一生对待生活的态度。

因为，你年轻时候居住的地方，影响着你的一生。

4

Part

与其昼夜焦虑，不如专心努力

焦虑解决不了任何问题。与其用大好人生来焦虑，不如选择相信自己，专心努力。

与其昼夜焦虑，不如专心努力

去年的时候，我们去了一个柬埔寨靠海的小城市：西哈努克港。酒店是偶然在朋友圈里看到的，一见倾心，立刻管朋友要了名字来。

我们在热带的倾盆大雨中到了酒店，下午1点多。整个酒店空的完全看不到人，顺着指示，我们找到酒店前台。

正在办手续，有人走过来，一个矮矮圆圆、微胖的金发女生真诚而热情说，“下午好。欢迎你们来。”

卢中瀚回应了一声，那个女生一听，嘴巴要咧到耳朵根了，马上开始讲带着英国腔的法语：“您是法国人，太好了，我很久没有讲法语了。我叫Caroline，是这里的主管。”

晚餐的时候，我们在餐厅遇到了Caroline的男朋友Marc，在照顾客人。颀长，亚麻色的卷发，碧蓝眼睛，白色T恤，白色亚麻长裤，真是个帅小伙儿，有点像裘迪洛，和Caroline在一起很讨喜，有点秤杆和秤砣的感觉。

有一天，孩子们早睡了，我在房间里面写字，卢中瀚睡不着就去出去逛逛。等到我写完睡觉的时候，他还没有回来。

早上吃饭的时候，卢中瀚给我讲，昨天晚上，他和Caroline、Marc聊了一整晚。

他们都是英国人，学酒店管理的同学，在伦敦非常有名的奢华酒店做管理工作。去年圣诞节来这里度假。沿着海滩就走到这里。当时酒店还在收尾，正好碰到来巡店的老板。

聊起来，他们提出了一些非常好的建议。

聊到后来，老板问："酒店正在筹备开业，我们在找管理人员。你们有意向吗？"

离开现代化的伦敦，离开亲切的家人和朋友，离开自己熟悉的一切，去世界的尽头重新开始生活，需要的不仅仅是一时的热血，还需要非常大的勇气。两个人商量很久，然后他们辞职来到这里，开始他们的新生活。

卢中瀚给我讲这些的时候，兴致勃勃，一脸向往。我听了之后的反应是："可是万一得了急病怎么办？等到他们有了孩子怎么办？等他们老了的时候，退休金怎么办……"

没等我一五一十地把这些现实细节补充完毕，就被卢中瀚打断了。他有点气愤地说："生活是动态的，每天都在改变。也许他们累积了几年经验，可以找到另外的工作机会；也许他们根本就是丁克家庭。人生一共能有多少年？我能看到的是，眼前，他们住在这天堂一样的酒店里面，每天都很幸福。"

他把我噎得哑口无言。我气得背过身去用脚踢沙子。酒店的餐桌是直接摆在细软的白沙滩上的，看着眼前的碧海蓝天棕榈树，其实他说的也有点道理。

这几年，我们带着孩子，满世界地找海岛度假。

就在几年前，我们还住在巴黎郊区的小房子里。每个假期，我们不是刷墙，就是铺地板，再就是跑装修市场，蓬头垢面，疲惫不堪。

再远一点，我还没有遇到卢中瀚。住一间14平米的小房间。别说度假了，去个十几公里以外地中海的沙滩，要等一个小时一班的公车。

子曰：人无远虑，必有近忧。

我是一个特别居安思危、没有安全感的人。我总在想：

明天怎么办，下个月怎么办，明年怎么办，后年怎么办，老了之后怎么办？下辈子怎么办？

没钱，没保证，没后续，没底子，我的将来岂不是一定会死得很惨？

好吧，我承认我活得好焦虑，而且一天比一天焦虑。

公众号掉粉，我整夜睡不着。紧张。

公众号涨粉，不知道明天还涨不涨？担心。

在睡觉的时候，想着机票还没有定；

在吃饭的时候，想着邮件还没有回；

在陪孩子的时候，想着文章还没有写；

在走路的时候，想着合同还没签；

思迪数学题算不出来，不知道她能不能考上大学？万一找不到工作，怎么养得活自己？

我记得，在子觅两岁半的时候，有一天我教她认颜色，她记不清，随口乱说，我又气又急又紧张，觉得她可能是红绿色盲，不知道要不要去看医生。

……

世界大好，人人都加薪、涨粉，欢呼着奔向幸福，只有我，抬脚就掉进在一个洞里，活该被人忘记。

上帝造人的时候，他赐给我们了一双眼睛。我们可以清楚地看到别人的成功和幸福，可是眼睛长在自己身上，所以我们看不清楚自己。

我有一个已经是金领的朋友。备战备荒，她永远用尽全力。有一次我问她，“你们的工作已经很稳定了，房子都也买好了，孩子上了国际学校棒棒的，父母虽然老了，但是身体也都还不错，请问你到底在焦虑什么？”

她卡了一秒，没有回答，换了话题。

几天之后的早上，我看到她半夜给我的留言，“你的问题，让我考虑了很久。我觉得我现在富裕的生活，是因为碰巧生活在一个上升发展的时代。社会发展越来越饱和，我也会越来越老，越来越没有执行力，所以我焦虑。”

人心才是世界上最深最大填不满的窟窿。因为时光不能倒流，没有人换得回来那些惨淡的往昔。

在无风不起浪的奥林匹斯山上，骄傲健美、精力旺盛、终日无所事事的希腊诸神们凑在一起，在宙斯的要求下，创造出来一个前无古人后无来者、风华绝代、美艳绝伦的人造美女：潘多拉。既有女人所有的优点，更有所有女人都有的弱点。

宙斯送给了潘多拉一个盒子，别有用心地给她说，这里面全是宝贝，你千万别打开。

宙斯不愧是女人堆里混大的，炸弹埋好，沟挖好了，就把潘多拉送给了自己想要消灭的敌人。

潘多拉来来去去、犹犹豫豫，最后还是打开了那个富丽堂皇的盒子。结果不得了，病毒、贪婪、残暴、虚伪、焦虑……所有的灾难都跑了出来，只剩下了希望。

这个故事有很多不同的版本和解释。但是宗旨大概是同样的，潘多拉的盒子里跑出来的是人类的“原罪”，是人性中无法克服的那一部分弱点，用来消磨和打击自己。

我一直记得在马六甲遇到的一个人。

马六甲是一个很小很老但是文化交错的城市。我们去的那天很热，市中心有一个挺高的小山。我和孩子都不想爬上去了，就派卢中瀚爬上去拍照片。山脚下，有个小公园，里面有个儿童游乐场。孩子们跑过去玩，已经有个比思迪略大的金发小姑娘，正在滑滑梯。

儿童的友情堪比光速。十秒之后，思迪转头冲我大喊说："妈妈，她会说法语。"站在秋千旁边的小姑娘的爸爸听到了之后，转过头来看了看我，略显诧异。我知道我没有一张会讲法语的脸，我笑了笑给他打了招呼，然后我们开始攀谈了起来。

他们是法国人，是自驾到这里的。他给我指了一下远处的房车。在他和妻子很年轻的时候，就去了加拿大魁北克定居。

他们都有了不错的工作，买了带花园的房子还生了两个孩子。可是没过多久，他和太太的公司居然先后倒闭了，他们也失业了。想了很久之后，他们决定卖掉加拿大的房子，迁回法国。

他们的房子出人意料地顺利卖出了，价钱也卖得出乎意料的好。人生大洗牌，为什么不趁这个机会停下来，想一想呢？他们决定用一部分的积蓄来旅行。

他们买了一辆房车，带着两个孩子，开始旅行。

最初的计划是，旅行一年，然后回法国买个房子，找工作。一年很快就过去了，他们完全不想停下来。从西欧到东欧，到中亚，再到东南亚。现在已经是他们在路上的第四年。卖房子的钱已经用了大半，他们打算是，等到把钱都花光之后，再重新开始。

我目瞪口呆地看着眼前这个留着络腮胡子的男人，风轻云淡，慢条斯理地讲着他的人生。

我的第一个问题是："孩子教育怎么办？"

他说："我们申请了法国的小学远程教育。我太太教他们。我们现在在游乐场，就是因为儿子在上课。"

他给我讲了走在路上的叹为观止的奇遇。四处行走的人，淡定不惊。犹豫了很久之后，我问出了心中的问题。

"你们这样子生活，想到未来的时候，难道不害怕吗？"

他笑，转过身换了个姿势说："无论是焦虑还是害怕，其实是对于未知事物的渴望或者无知。到目前为止，我已经遇到并处理过太多太多的情况，我知道我可以相信自己。"

他的儿子跑过来叫他们，回去。我们站起来道别。天大地大，从此后会无期。

每个人的人生总是充满了各种各样的问题。如果我们把问题看成一个实体的话，焦虑就是它的影子。 影子的大小其实和实体无关，如果我们无法扼制地害怕黑色的影子，唯一的办法就是快跑着移动自己的位置，接近本质。

焦虑是天下最虚无的东西。是我们自己把自己陷进无法控制的焦虑中，承受辗转反侧的折磨。

未雨绸缪和杞人忧天中间，其实还有一大块广阔的距离。迎着太阳飞跑，影子就会被拖在身后，而且越来越小。

焦虑解决不了任何问题。与其用大好人生来焦虑，不如选择相信自己，专心努力。

读到这里，要深吸一口气说：

我可以。

“抢”是一种病，得治

这几天感冒，去医院看病。挂号后坐着等护士叫号，可你没法淡定地坐着等，因为前面有一堆人站着。一堆还没有被叫到号的人围着医生，也不知道有什么好看的，反而让医生根本无法安心看病。更重要的是，这种围观打乱了医院里的正常秩序，后面按规则坐着等叫号的人，会非常焦虑，担心围着医生的那些人会插队，于是只好也都起身围过去，现场就更乱了，从医生到病人都很暴躁、焦虑。

正在看病的人很焦虑，觉得自己的隐私被围观者侵犯了；医生很焦虑，因为旁边不断有人打扰；后面排队的人更焦虑，总担心前面围着医生的人会插队。其实根本没必要围着医生，因为电脑会排序叫号，不可能围在医生旁边就可以插队。

当我把这种抱怨发到微博上后，没想到引发了一场热烈的讨论，很多人对此都深有体会并深恶痛绝。其实不仅医院如此，很多公共场所秩序的混乱，都源于这种“抢”。

很多人会习惯性地去“抢”，虽然这种“抢”实际上根本没有必要。比如，乘飞机登机有什么好抢的呢？乘客上完了飞机才会关舱门起飞，又不会谁先上就让谁先走，可大家都在抢着登机，完全置工作人员“后排乘客先登机”的提醒于不顾。还有，下飞机有什么好抢的？过道那么窄，飞机一降落，总有人立刻起身拿行李抢着下飞机，机舱内立刻乱成一锅粥。上火车也是如此，其实，提前半小时左右检票，时间充裕得很，有什么好抢的？可很少有车站的检票口不混乱的，人人如逃荒一般抢着挤着进，仿佛迟一点就赶不上火车了。

甚至很多人到幼儿园接孩子，也要抢，抢着站在第一排。其实没什么好抢的，就是习惯使然。大家都在抢，仿佛自己不抢就会失去什么一样。“抢”成了一种文化，成了一种融入血液和身体的根深蒂固的生活方式。

这种条件反射般的“抢”，首先是历史上的资源和物质匮乏所形成的国民性，穷怕了、缺怕了，这种惯性已经融入了文化基因。人都有老的那一天，我并没有年龄歧视，但可以看到的是，公共场所中爱抢的，往往都是上了年纪的人，超市抢购、放学接孩子、医院围在医生旁边的，很多都是老人。这可能是他们经历过那个物质匮乏年代的后遗症，源自饥荒年代的记忆，让他们总担心晚到就会吃亏。我爷爷奶奶那一辈年轻时，物质极度匮乏，吃大锅饭，排在前面的可以吃到稍稠点儿的稀饭，排到后面就只剩几颗米粒儿。他们习惯了抢，虽然如今物质丰裕，但还是条件反射般地去抢，不为什么，只为心安。

再者就是对规则缺乏尊重，人们对规则被破坏有一种刻骨铭心的恐惧。因为规则一直没有在社会生活中主导过人们的行为，相反，潜规则、隐规则主导着社会，比的是拳头、关系、机巧和钻漏洞。现在突然要按规则办事了，人们总担心有人不守规则，有人会插队，有人会走后门，缺乏遵守规则的自信。发现规则被打乱，不是去完善规则、坚守规则，或惩罚破坏规则的人，而是自己也去钻规则的漏洞。

还有就是缺乏公共意识的自私。其实，每个习惯“抢”的人，总能为自己找到一点理由，比如坐飞机时抢着登机的人，是担心行李架太小，登机晚了就没地儿放行李了，或者是为了早登机早坐下。接孩子抢着站在前面的人，是因为等得太久了，想早点接到孩子……我们为了自己的这一点便利，可以完全不顾规则，不顾破坏秩序可能给别人带来的不利。为了自身那点小利，而不顾别人之利，不顾社会秩序和公共利益之大利。

中国人多，人与人之间对资源有着很强的竞争心态，这种“基本面”也加剧了见什么都“抢”的习惯。

上周在北戴河火车站，退票窗口前排了长长的队伍，业务办得非常慢，一群人扎在窗口插队，都说“我的车快开了，麻烦让我先办一下”。都想插队，导致后面排队的人很焦虑。后面一位排了半小时的大爷实在火了，到前面挡住插队者，谁插也不行。一位大姐快跪下了：“车真快开了，孩子在外等着我。”可后面的人齐声说：“绝不让插队！”我问火车站管理者，为什么不专门开一个应急窗口，他为难地说：“如果开了这个专门针对急客的窗口，必然有很多人都围过来假装急客要求优先退票，真正着急的人还是享受不到优先服务。”

别着急，青春总会找到出路

在我还在念大三的时候，很多同学都担心我毕不了业，找不到工作。因为我实在是太学渣了。

那时的我特别矛盾，看了《在路上》后就想着退学，甚至都已经跟父母谈过，让他们担心得要死，弄得生活费直接上涨了好几百块。在看到一位朋友行走全国的事迹后，我也想过退学去流浪，甚至车票都已经买好了，但是最后还是作罢。那真是我最挣扎的一段时间：一来再待在学校真是前程无望，二来害怕外面的世界是我所不能承受的，我夹于缝隙，艰难喘息。

后来，我竟然莫名其妙地毕了业，还挣到了稿费，也有两本书要出版，过得不好不坏。

这时，我才发觉之前自己的担心真是太多余了，事情早就在冥冥之中安排好了。

我两个哥们儿都爱打游戏，天天打，和我一样成了学渣。辅导员找我们谈话，忧心忡忡地告诉我们：“你们只要能按时毕业就行，老师对你们就这点要求了。”而同学们也时常用担忧的眼神看着我们。

他俩看上去若无其事，心里却着急得很，那种在人前装潇洒，暗地里抓紧脚趾的事情，真的是痛苦极了。

后来，他俩一个考上了研究生，一个去了英国留学。

真是出乎所有人意料。按常理来说，我们三个人真是没有出路的，可就是这么奇怪，当我们以为没有出路的时候，却蓦地豁然开朗。我们无法猜透下一秒会是怎么样，我觉得现实美好就美好在这里，人们无法规划现实，所以现实永远会带给人惊喜。

我刚担忧完毕业，接着就要担忧找工作。那时，我陷入了强烈的自我否定中，因为找来找去都没找到适合自己的工作，自己心气又高，觉得委屈，各种现实逼迫而来，没办法，只得听从父母的建议报考了公务员，买来考公务员的书，交了报名费。我知道我一点儿都不喜欢当公务员，迫于现实，我只得这么做，以此安慰父母、安慰自己。幸好，后来我找到了工作，不然就真的要在故乡的小城不挪窝了。

现实真是太诡谲，也太可爱了，看上去把所有路都封死了，却又在你最绝望时让你发现了一条岔路。

我同学加同乡L，毕业后也和我一样回到了贵阳，从去年7月毕业，到今年5月，他一直都没有工作，一直在参加银行的招聘考试。从信合贵阳银行到四大行，只要有考试他就去，但不是没考好，就是被关系户顶掉。所以，近一年来，他用着家里的钱，用着女朋友的钱，他自己也过得很郁闷。有段时间，他的脾气很是暴躁，我劝过他先找个别的工作，边工作边考，当然也有很多人这么劝过他，但是他都拒绝了。

然后，我看到了他发的朋友圈：他坐在银行柜台内，还是VIP柜台，他工作的建设银行在贵阳市市中心。原来，他不但进了银行，还被留在了市行，他之前很担心自己会被分配到乡镇去呢。

看吧，这就是现实无法预料的地方，之前很多人都觉得他混得不如意，甚至以怜悯的眼光看他，可现在一切都好了。所以，现实还有一点很美好，就是会时不时地上演绝地大反转。

如果将这些事情反推回去，你会发现，其实每个人都曾剧烈地挣扎过、担忧过，以为眼前的世界一片黑暗，但陆游有诗云：山重水复疑无路，柳暗花明又一村——人生就是这样啊，在你怀疑没有路的时候，突然眼前就有了一条路，这种快乐无法形容。

现在很多人都换上了焦虑症，为没有发生的事情担忧不已，觉得会这样不好，那样不好，但现实其实没有那么无情，有时甚至还很温情，它总是会给予人们许多意想不到。尤其是还处于青春中的我们，随时都有机会打翻身仗。

最近我在看史书，发现历史里的每个人物的人生经历都几乎是一部传奇，因为有太多的大起大落，富贵败亡只在朝夕，成也忽然，败也忽然，以至于让我怀疑人生。后来我才明白，史书上的人之所以如此，是因为丈量他们人生的标准变短了，他们只有几页纸，几百个字，在这么小的裁量里，任何事都会变得激烈，和电影差不多，一两个小时里就看完了别人的一生，难免让人唏嘘。但是，我们的人生可有几十年，在那么长的时间里，什么事情都会被放慢。上帝其实也很温情，他让我们能慢慢地处理那些人生中的困难。

所以，很多人说人生如河，我很同意，河又窄又短，落差自然大，水自然急，但当河又宽又长时，一切就都会好起来。

我们现在就漫游在那条又宽又长的河流上。

我想，这就是现实的美好吧，不急不缓，还时常给个惊喜，捎个逆转。

别说自己很忙，现在不流行

这两天脑子里总盘旋着蒋勋的一段话，这段话我一直特别喜欢：所有生活的美学旨在抵抗一个字——忙。忙就是心灵死亡，不要再忙了，你就开始有了生活美学。大家都在忙，忙仿佛成为意义的代名词。如果今天我很闲，而王老三在微信朋友圈发出了“每天只能睡四个小时”“忙到半夜”这种信息，那么我貌似就被他远远甩在了身后。

如果别人早起赶飞机，夜晚不休眠，于觥筹交错中识朋友、拓人脉，而我只是在家喝喝茶、看看书，我是不是就堕落了？这是很多人内心思考的问题。

于不知不觉中，很多人丢掉让自己舒服的生活方式，扶着眼镜遍地去找另一种生活方式。

当代成功学的毒害辐射面太广，其中一条就是：因为成功的人就是忙碌的人、没时间的人，所以如果我天天忙得打后脑勺，那我也约等于成功的人。

别自欺欺人了，上述假设还可能约等于你很蠢、工作效率很低，或者你做的决定多半都是错的，只能不断补救。

比起那些天天在喧闹中拼命、像对待陀螺般抽打自己的人，我现在更欣赏那些活得有张有弛、游刃有余的人。比如有的朋友会在密集工作一个月之后，倏然飞往欧洲度假一个月，或者推掉好几个闪闪发亮的小机会，宅在家好几天不洗脸，也不社交。

我特别欣赏一位朋友，她的生活也很有滋味。身处模特圈，却从不受浮华习气的影响，从不拼命拢资源、造人气，把自己搞得疲惫不堪。她曾经跟我说，人可以决定自己看到什么、听到什么，有些东西，她选择不去接触，因为她觉得自己可能会受到不好的影响。

她潜心做自己的服装设计，喜欢复古风就沉浸到底。她是真的随遇而安，非常潇洒淡定，有机会就出去旅行看世界，可事业照样风生水起。前几天我发现她把新款服装带去巴黎拍摄，一边玩一边拍。

人家没下功夫吗？人家没享受生活吗？

工作永远做不完，事业可以做得一天比一天大，可是持续扩张真的是一件好事吗？还记得前年去希腊的时候，导游跟我们讲，有一帮中国大老板跑到当地一家酒窖，跟酒窖主人谈合作，每年买多少多少箱酒，结果被拒绝了。主人说，我们每年只做这么多酒，多的不做，如果做太多，我就没时间去酒吧、去旅游了。

不仅如此，酒窖主人还把这群大老板介绍给了毗邻的酒窖主人。酒窖主人自己不赚钱也就罢了，竟然还把钱主动送到竞争对手那儿去……可惜这只是中国人的思维方式。

现在打鸡血的机构太多，可鸡血到底哪家强？我想给大家提供的鸡血是这样的：我们打鸡血的目的，是享受生活，是丰富人生体验，是和家人们一起咀嚼奋斗成果，而不是打鸡血本身的快感。况且，你真的觉得自己需要那么多的鸡血吗？需要时再打，不需要时，请屏蔽。

所以相比那些每天高喊自己没时间吃早饭、没时间睡午觉、病了也没时间打点滴的人，我更喜欢悠闲地把生活安排好、除了工作还特别会开发别的趣事儿的人。哪怕他的生产力没那么“惊艳”。

在意义太多的时代，意义少就是奢侈品。比如和一帮朋友嘻嘻哈哈地吃顿饭，笑出眼泪来；比如在别人连看画展、听音乐会都一场接一场，丰富灵魂都要生吞的时候，我则优哉游哉地选一场自己真正喜欢的去看。

在这惜时如金的年代，某个女人周末跑去练书法、学茶道，我就特别欣赏。既不能考级，也不能变现，就是自己玩儿的。

我正在探索更好的形式，帮助大家一起来享受生活，而不是被别人的生活标准所折磨。

别再标榜自己有多忙了，现在不流行这个了。

不好意思，害人又害己

在中国，自古讲究中庸之道，无论是古训教导的温、良、恭、俭、让，还是从小听到的孔融让梨的故事，都告诉我们要懂得谦让，要先人后己。

谨言慎行，不抢不争，潜移默化地就变成了我们为人处事的潜规则。

这种委曲求全的潜规则说白了就是“不好意思”，“不好意思”百度释义有两种：一种是害羞、胆怯、难为情；另一种是碍于情面而只能怎样或不便怎样。

我们只说后者，这种不好意思就是通常我们说的“老好人”，这类人大多本性善良，不忍伤害他人，总站在对方角度考虑问题，把委屈和困难留给自己，把方便和快乐留给别人。任何事情不懂拒绝，不好意思说“不”。

别人好意思说，你有什么不好意思拒绝的

有一种人找别人帮忙都是理直气壮，从不考虑会不会给你添麻烦或是让你为难，只考虑自己的感受。你帮他是理所应当，你不

帮倒成了罪大恶极，你帮好了是天经地义，你没帮好就成了无情无义。

殊不知，我们谁也不欠谁，我帮你是情谊，不帮你也在情理。

前几日，接到久未联系的下属小张的电话，劈头盖脸就是一句："XX店是你家亲戚开的吧？我同学的朋友今天去了，再便宜点吧。"

这口气哪像是找我帮忙，分明是命令、指示。我无奈给亲戚打了电话，安排妥当。并给小张回话告知已办妥，谁知道他连句"谢谢"都没有就挂断了电话。

当时我心里简直有一万头羊驼跑过，气恼自己碍于情面，亏了钱不说还热脸贴了冷屁股。

不知感恩的人，他对你的帮助早已成了惯性，索取得理直气壮，你的不好意思只会助长他的得寸进尺。对于这类人你无须讲情面，果断拒绝，坚决说"不"。

不好意思，就是死要面子活受罪

还有一种人，自认为和你关系不错，自己找你帮忙，自己的家人也找你帮忙。你碍于情面只能一而再地妥协，没想到对方却得寸进尺，把你当成了开拓他人脉关系的助力器。他的亲戚朋友、家人同事，甚至七大姑八大姨都成了他乐于助人的对象。

他到处鼓吹和你关系有多铁，办事简单不费事。殊不知，你的每次帮忙里藏着多少欲言又止，又掖着多少低三下四。

S就是这样的，那时我还分管销售部，他自己买车找我帮忙，我肯定义不容辞。可没过多久，他又带着亲戚来买车，接着带同事，后来同事的同事，同事的朋友，朋友的同事，有时候八竿子打不着的也找来，真是各种齐上阵啊。

不管谁来都层层剥皮，你一言我一语地讨价还价，还大打情义牌，恨不得我白送他一台车。因为碍于S的情面，每次我都得赔着笑脸，打着嘴仗，还得揣着120个小心翼翼。

最可笑的是，S从不认为这是给我找麻烦，还鼓吹是帮我拉生意，好几次还要我请他吃饭，以示感谢。我真是哑巴吃黄连，有苦说不出啊。

终于有一次他带一个朋友来买车，因为所提要求太过离谱我无法办到。从此，仿佛是我六亲不认，大逆不道。S与我嫌隙渐生，好好的朋友，就这样被我一次次的不好意思宠坏了，多年情谊只能渐行渐远。

拒绝别人不是错，别让不好意思害了你

上大学时有个关系不错的校友，说是母亲生病和我借钱。因不好意思拒绝，当时还是穷酸学生的我，就将爸妈给的生活费全部交

出了。

接下来的日子里，因为不敢和父母说把生活费借给了别人，青黄不接、捉襟见肘的我一日三餐也开始精打细算，生活水平直线下降，那时候才真正体验到一分钱难倒英雄汉啊。

可谁知，半年过去了，还钱的事情杳无音讯，几次看到她都忍不住想问，可因为不好意思，话到嘴边却又咽了回去，之后也就不了了之了。

不是都说能用钱解决的问题就不是问题吗？看来能用钱检验出的感情才算是真感情吧。

张爱玲就说过摧残感情的方式很多，不过连根拔起的狂风暴雨，却是借钱。

记得当年看《蜗居》时，苏淳说郭海萍那句台词很经典：“四万还是你妈，六万就成了咱妈了，要是没借到估计就是他妈的了。”真真道出了借钱的真谛啊。

生活中有多少因为借钱引发的矛盾不都是因为不好意思拒绝而开始的？

不好意思，就是成全别人委屈自己

当你托关系找朋友终于在春运的紧急关头弄到张卧铺票，庆幸还是下铺，可以舒舒服服休息时，上铺的大姐却说，小伙子，大姐上下铺不方便，你年轻腿脚利索，咱俩换换呗？你好意思说，我不换，我恐高？我这下铺来之不易啊！

当你结束一天忙碌的工作，终于可以回家休息时，同事却甩给你一份计划书，还满脸堆笑，口口声声夸你文笔好。你好意思说我累了，回家实在不想加班？你不能，因为你不好意思，牢骚满腹也只能回家自己慢慢消化。

又比如，你买到了限量版的名著，视作珍宝般爱护。同学来家看到说是借读几日，你每天心心念念爱书何时归，可怎好意思去问？万一友谊的小船因此打翻，值得吗？

在中国式的道德绑架观念熏陶下，小到公交让座，大到慈善捐助，又有多少人明白，我帮你是情分、不帮是本分的道理。

不好意思是种病，不治可能要人命

最近都没更新文章，认识的朋友都知道王同学因做好人好事，光荣负伤。不为别的，也是因为不好意思。

他去买电源开关，恰逢那日北方的沙尘肆虐。偶遇五金店门口的烧烤摊架子快刮倒了，街坊邻居都去帮忙扶，招呼他也去。因为不好意思他二话没说跟着去了，没想到独独他被掉落的铁架砸伤，腿上两处骨折，腰部软组织挫伤，手术后至今仍躺着休养。

人家不会因为他“路见不平一生吼，该出手时就出手”而感激涕零，很有可能还会因为医疗赔偿问题而剑拔弩张，对簿公堂。

都说好人难做，这个“不好意思”代价可真大，一不小心就断胳膊断腿，差点弄成残疾来个生活不能自理。

你说这不好意思是不是病？差点就成毒杀自己的断肠毒药。

这不好意思哪是要钱，简直是要命。

不好意思是把双刃剑，一不小心就害人害己

王同学不好意思的光荣事迹，还有一件值得扒一扒。

去年中秋节，王同学的哥哥向他借车，说是给结拜兄弟的哥哥的儿子娶媳妇用。碍于情面只得相借，应了真理般的墨菲法则，车在省际高速行驶中追尾前车。我们那三厢车被撞成了两厢，加上被撞车辆，损失直追六位数。所幸没有人员伤亡，否则连我这个车主也难辞其咎。

面临修车及赔偿问题时，所有人都抓住王同学向来不好意思的软肋，甚至是一母同胞的哥哥都致我们的损失于不顾，多次协商未果，不欢而散。

王同学最终因损失巨大没有让步，开罪了所有人。“本是同根生，相煎何太急”，一个不好意思弄得兄弟反目，形同陌路。

有时候，你以为不好意思是对别人最好的成全，却不知道有可能给自己和对方带来更大的伤害。不好意思成了把双刃剑，扎伤别

人亦痛了自己。

千万不要让不好意思成为你人生的绊脚石。克服不好意思的心理，牢记16字方针：分清朋友，敢于拒绝，讲求原则，量力而为。

人际关系越简单越好，无能为力的事情大方拒绝，简单说“不”。喜剧大师卓别林就说过：学会说“不”吧，那么你的生活将会美好得多!

请对着镜子微笑，遵从自己的内心，自信满满地勇敢say NO，大步前行。

你的朋友圈，就是你的弱点

我是一个很喜欢发朋友圈的人。有时我会发自己看的一本书，有时会是上厕所时想到的一段鸡汤式的心灵感悟，有时是来大姨妈时心情烦躁得想要杀人的抓狂，当然也有人逢喜事精神爽的喜悦，总而言之，我就是我，烟花一样寂寞的我。

后来有一天，我觉得我应该出来找工作了，于是便加了一个兄弟单位的头的微信号。

对方是个很man的男人，我和他曾经在工作上打过交道。他也颇为认可我的能力，于是我便开口问他们现在招不招人。他说他们现在缺一个团队管理，他也知道我在行业内的经验，认为我比较适合这个职位，让我把简历和薪水要求发过去，他拿去给老总签名。

于是我把简历发过去后，就跷起双脚等他通知我去上班。

岂料，这一等便是一个月。

我按捺不住跑去问他：“咦，到底怎么一回事？我还在等你的上班通知呢。”

对方有点支吾地说：“不好意思啊，我们老总觉得你不适合我们公司。”

什么情况？我这七八年的行业经验，业绩也不算差，年纪也不算老，学历也不太低，人长得也不丑，怎么就不适合了呢？我强忍着泪水（怒火）问对方，到底什么原因？

他说："说出来你别怪我啊，那天我把你的简历递给老总之后，开始他是挺满意的，后来非要看你的朋友圈，说想进一步了解你的为人。结果他看了之后，就说你太情绪化，可能不是那么适合担任管理的职位。"

What！不就是发个朋友圈吗？还上升到人性品格去了？

得知真相的我，整整蒙了一个星期。好吧，其实没那么夸张，最多不服气了一阵子，但后来我想了又想，觉得人家说的其实也挺有道理，像我这种一天发朋友圈超过三条，并且与工作无关的，都是感性多于理性的人。而管理，确实需要很好地控制自己的情绪。

其实朋友圈刚开始是很单纯的。人们纯粹把它当作自己的一片小天地，那是真的跟朋友在分享自己的生活。

可是慢慢地，朋友圈就变味了。人们把它当成各种各样的工具，有卖东西的、有做公众号的、有推企业管理的，这些朋友圈，要的就是流量，于是他们开始不设限地加很多陌生人，朋友圈一下子变得不再是朋友的圈了。

你会把自己的心思和私人生活毫无顾忌地抖给这些素不相识的"朋友"看吗？

可怕的是，据说现在的人都喜欢通过加微信来了解一个陌生人，加上对方微信的第一件事就是翻对方的朋友圈，以此来确认对方的大致形象，是文艺青年还是接地气大叔，是矫情小姿女还是庸俗的妇女，是情感外露还是闷骚含蓄，看看对方的朋友圈，心里就有了数。

也因此，有部分人选择少发或者什么也不发。

问他们为什么，有一个国企二把手的朋友说，因为不想让别人知道我的行踪，不想让别人知道我在想什么，我圈里那么多同事、供应商，经常发微信不是把自己曝得光光的吗？

一个上司，如果想在下属面前树立起威信，还是与下属们保持距离的好，而且让同事知道自己频繁发朋友圈，未免会让对方觉得你工作不够专心，也会让上司觉得你情绪不够稳定，久而久之，别说升职了，有时连工作也难保。

一句话，通过朋友圈，一个人可以假装他有如何高大上的生活，但往往也无法避免暴露自己的弱点。虽然只是发个朋友圈，但你有没有考虑过后果呢？

所以，我们都说，朋友圈已经变得越来越没意思了。

耐得住寂寞，才会赢得人生

多年前，看过一篇小说，题目和作者已记不清了，故事情节却难以忘怀：

有这么一个年轻人，20世纪70年代时，在京郊一个村里插队。在那个年月，下乡知青干活很累，收了工大家都倒头大睡。他却在土炕上铺上马粪纸，画些花鸟鱼虫。这与那个时代的要求不符，有人就给反映到了县里。谁知因祸得福，县文化馆美术组正缺人，便把他调来“接受再教育”。

他依然不知疲倦地画他的花鸟鱼虫。画室的玻璃被大风刮碎，他用破报纸一糊就糊了八年，从没向别人说起过此事。涨工资时，全馆人都互相背后告状搞小动作，他那里却没有半点动静，果然就没有涨上。但他依然神态自若，跟没事一样。

当别人都热衷于铺天盖地的“闹腾”时，他总是选择“看家”。看家时，也总是画那两尾小鱼，几根水草，一串小气泡。他在文化馆，就这样无声无息多少年月，春夏秋冬，无穷往复，是痛是痒，没人理会。

若干年后，真正的艺术再次被社会重视，市里搞起了美展，不料人们在首次美展上，竟看到有三幅他的画，都是小金鱼吐泡泡。后来，他名冠全城……

人的一生非常短暂，能做的事，非常有限。不少人，往往耐不住寂寞，时常被潮流所裹挟，看别人怎么着，也马上跟着模仿。一辈子几乎所有热闹都要参加，任何时髦的事都不放过，可是到了暮年你会发现：这辈子其实一事无成！

每个人出身的环境、天生资质都不一样，不可能在每个领域都擅长。所以，一个门里挤，其实是作践自己。可以想象一下：一个看了杀鸡都头晕的文弱书生，看了几本武侠书却要统领千军万马去攻城拔寨，能成功吗？从政也是如此，连周围几个同事的关系都搞得一塌糊涂，听到一点飞短流长都坐卧不宁，却想当市长、省长，能行吗？同样，连“贵上极则反贱，贱下极则反贵；贵出如粪土，贱取如珠玉；水则资车，旱则资舟”这样的基本经济学原理都不懂，却幻想着纵横商海，不赔得精光才怪！

新闻界的一位前辈，学养深厚，领悟力惊人，文章更写得别具一格。如果精研学术，一定会有所成。可到中年，却选择了仕途。记得他去世前我去探视他，老人一脸懊丧：“后面这20年走错了路！我是个书生，性子又腼腆，其实很不适合搞行政，做得很累，还有很多同志不满意。如果我一直做学问，兴许会给后人多留点东西……”

人的一生，个人定位很重要。选准了方向，就需要耐得住寂寞，百折不回。其实，人贡献社会的方式多种多样，只要你在自己擅长的领域做出了成就，也就是对社会做出了贡献。最遗憾的是，很多人都明白这个道理却依然跟着凑热闹，到头来又都发出同样的感慨。

时间会证明，所有的努力都有收获

1

在老家工作时，有一个同事，数学老师，名牌大学研究生毕业。可从世俗的眼光看，她当时嫁得非常不好。

她老公是高中老师，没有房子，家里还有一些外债。他俩在一起的时候，为了房子的首付，我同事把她研究生当家教赚的几万块钱，都贴进去了。为了赚更多的钱，她去了我们当地最大的辅导机构，而放弃了考公立学校老师。

他们每个月要还3000多的房贷，还有首付欠亲戚的钱，当时她老公一个月也就3000多块钱。不过还好，他们房贷只需要还五年就可以了。

她老公会维修打印机，还有电脑。我们学校电脑、打印机坏了，就给她老公打电话，他非常热心。每次发工资，她都会计算，比如这个月多出了3000块钱，可以给家里买一个空调了；下个月，多出3000块钱，可以买一个洗衣机了……我和她同事近两年，就是这样看着她，买了家里所有的电器，还买了各种生活必需品。

后来，我离开老家来到上海快三年了，她的房贷已经还完，听她说现在经济也缓过来了，考上了我们市区很好的中学当老师。现在，他们有了可爱的宝宝，正努力奋斗，想再换一套市区的房子。我从来没有听她抱怨过生活的艰难，每次都是“快双十一了，我想送爸妈一台电视机，我毕业几年了，还没有给过他们什么钱呢。”

“嫁鸡随鸡，嫁狗随狗，钱不够的时候，就选择最适合自己的生活方式，好好奋斗。”她的这句话，我至今受用。

2

小时候，我家里条件不错，虽在乡下，但有房有存款，我喜欢吃一种饼干，只有县城有卖，只要我想吃我爸就会特意去县城给我买回来。

后来，家里生意出了问题，日子非常艰难。但我爸妈在最艰难的时候，都没有放弃对生活的希望，为供我们读书，我爸爸卖了家里很多家产，都是贱卖的。可是现在他提起来也不后悔，“钱都是人赚的，你们上学的机会失去了就没了。”

身边的人家里都有洗衣机、冰箱时，我家还是自行车，冬天很冷，我妈都是手洗衣服。后来，家里日子一天天好起来，这个月买洗衣机，再过两个月买冰箱，就这样有了电动车、电动三轮……等钱多了，又盖上了新房子。

妈妈都50多岁了，看上去只有40多岁，我觉得秘诀就是心态好。我妈讲不出大道理，但却让我受益匪浅。“谁的生活都不一定是晴天，赚钱多的时候，一定要存下一些，万一有事情，也能拿出来了。”

“你一定不能当家庭主妇，哪怕有了孩子，非常忙，也要干一份工作，养活自己。你看我现在赚的不多，但完全够家里零花钱，人情来往。你爸钱跟不上时，还都是给我要钱花呢。”

我的同事，我的爸妈，还有我身边的很多朋友，都是很朴实的人，而我在他们身上懂得了生活的意义，就是踏踏实实，一步一个脚印，努力把生活过得更好一点。面对生活，很多时候我们没有太多的主动权，而我们却可以选择面对生活的态度。

我们每个人的路都不是很宽，那就在有限的选择下，好好过生活吧。珍惜每一个通过努力奋斗来的小幸福，哪怕是买了一双鞋子，或一件漂亮的衣服……时间会为你证明，所有的努力都不会白费。

有多少事情，想着想着就没了

1

这两年特别流行健身，尤其让人羡慕的是那些腿瘦、脸小、脂肪薄的女孩们个个都有小腹肌，身材完美得无懈可击。每次看到这些偶像兼实力派的女孩，总是让我斗志昂扬，立刻产生三分钟热度。于是我马上决定，从明天起，每天慢跑五公里，做30个下蹲、40个仰卧起坐。还准备了计步器、运动护膝，各项工作都被那份热情推动着顺利地进行。

可到了开始实行计划时，我就在头脑里盘算着，今天还是算了吧，明天要参加一个重要的会议，要保持一个良好的睡眠。到了第二天，想想还是算了吧，一天的工作已经让人筋疲力尽了，何必如此为难自己。

后来的后来，在无数次“想想”的时间里，各种理由纷至沓来。可是，很多重要的事，想着想着也就想算了。

2

我有两个朋友，一起报考了同一个专业技能的职称考试，两人报名时信誓旦旦地说，今年一定会过。

距离考试六个月时，两人想着反正时间还长，有的是时间复习；距离考试三个月时，两人开始有点慌了，可是又想一想，最近工作忙，朋友聚会也多，确实没时间看书，索性就在考试前一个月复习；到了考试的前一个月，两人已经习惯了当头脑里纠结做与不做时，只需要毫不费力地“想一想”，就可以把问题轻易地抛给想象中的困难和借口。

于是到了考试那天，两人也没真正好好复习过。甚至考试当天，其中一个朋友没参考，理由是，打印了准考证，看了考试地点，想一想，太远了，也就算了。

有多少重要的事，总是在最艰难的起步时，遇到世上最大的诱惑“想想”。于是很多事情，想着想着，也就算了。

3

一年前的世界读书日，有一朋友，在微信朋友圈立志要天天读书。大家也习惯了这样的事，每当遇到一些特别的纪念日或节日，几乎我们的朋友圈都有这样的人，总是要为了应景应时发表一段人生誓言。可最终能兑现承诺的人，少之又少。

之后的一年，他就像消失了一样，再也不见他活跃在朋友圈里。今年4月23日，他发了一条消息：做到了。朋友们都惊呆了，一年前我们以为他闹着玩儿的读书计划，他竟真的做到了：每天看书一小时，每周阅读一本书，每月写五篇2000字以上的读书心得。

在我们都惊讶于他为什么就能做到时，他发了一条统一回复，只有两个字：行动。

他的经验是：首先，保证精力，把所有零碎的时间都集合在一起，但凡能利用的时间，他丝毫不放过。其次，保持毅力，他每天有“三必须”：必须按时、必须保量、必须保质完成任务。士不可不弘毅，任重而道远。最后，也是最重要的，就是实现前面两点的执行力和行动力。一旦定下目标，就立刻行动，立即行动，立马行动。

世上通往成功的路有很多条，但在路上的人却只有两种，一种人永远都在“想象出发”的路上，还有一种人是已经在“出发”的路上。而最后成功的人，往往是后者，是那些真正脚踏实地走在路上的人。他们勇于尝试，勇于试错，勇于在行动中去实践，去探索。

4

有很多重要的事，想着想着就想算了。本来打算周末回家看看父母，想想来回路上太折腾，还是算了吧。本来打算学开车，想想那么多科目，也不知道什么时候能考过，还是算了吧。本来打算联系好久不见的好友，想想她应该不需要被打扰，还是算了吧。

“本来打算……想想，还是算了吧”，成了不少人常常使用的经典句式。

很多时候，我们明明就下定了决心，要踏踏实实干成某件事，可总是在起步时，被想象中的困难所击败。我们的问题不在没准备好、没时间、没精力、没经验，我们的问题在于总是想得太多，做得太少。如果你知道自己要去哪儿，并且已经在路上，那么全世界都会为你让路。

明日复明日，明日何其多？我生待明日，万事成蹉跎。你缺乏的可能不是明确的目标、周密的计划，或者充裕的时间，你缺乏的是立即行动的勇气和力量。既然目标已经锁定，当你开始行动的时候，就已经成功了一半。

世界上最遥远的距离是“想到”和“得到”之间的距离，因为中间隔了一条万水千山的“做到”。你总要先下水，才知水深水浅；你总要先去走，才知道能不能跑；你也总是要先学主动去爱，才会收获被爱的资格。

只抱怨不改变，才是真正的无能

每天夜班回家时，小区胡同口都可以看见一个卖麻辣烫的。摊主是个小伙子，他自己调的酱味道很特别，隔三岔五会在他那儿吃一碗。小伙子很健谈，每次吃麻辣烫时，他总会和你聊半天。

问他收入高不高，小伙子说，还行，不比你们上班差，只是比你们辛苦啊。他说的没错，每天傍晚出摊，先在夜市上卖，等夜市散场了，又转道我们小区门口，每天晚上2点左右收摊。只要天气不是太差，小伙子基本每天都出摊，一个月下来，一万多的收入。

这个麻辣烫的小摊只有他一个人“维护”，白天睡醒了，在家把东西准备准备。老婆主要是看孩子，偶尔打打下手。这么算下来，也没有其他人力成本，小伙子收入确实可以。

一开始我总以为他是“新生代农民工”，在老家种地没意思，才来到城市里摆摊挣钱。有一天他说，他是读过大学的，不过学校不好，只是个专科。毕业后“无爹可拼”，再加上学历不够硬，没工作可干。回到老家更是找不上工作，毕竟在这个城市读了几年书，相对熟悉这个城市的情况，干脆还是在这里落脚了。毕业三年多，摆这个麻辣烫的摊一年半，之前还做过各种杂七杂八的活计，不过挣钱太少。

听他说自己也是大学生的那一瞬间，有一些“震惊”。说“震惊”或许也不完全准确，毕竟现在大学毕业找不上工作的人太多太多，摆个麻辣烫的摊也不稀奇。但我还是挺受触动的，也许是因为小伙子的乐观吧。从没听他抱怨过什么，也没听他感慨过，如果知道自己只能卖麻辣烫，当初何必花那么多钱上大学。

有一天和几个朋友吃饭，大家都在感慨现在的大学生找工作真难。尤其是对家境不好的年轻人来说，花了那么多的钱，耗费了几年时光，到头来出路竟然和同乡没上过大学出去打工的年轻人一个样。但是，又不完全一样。没上大学直接去打工的，他们都“认命”了，毕竟当年成绩不好没考上大学；可是这些上过大学的，怎么能轻易沦为和农民工一样的遭遇呢？无论如何，自己也是“投资”过大学的。

有人呼吁，大学生不是找不上工作，他们可以去当搬砖工啊。我写文章明确反对过这种观点。在当下的中国，大学生就业远不是“找一份工作”那么简单，解决了就业者的“吃饭问题”之后，它还有着更大的附加值。工资高低暂且不说，工作背后的社保、医疗，以及未来孩子的教育问题，不同性质的工作带来的“回馈”简直是天壤之别。举个简单的例子，一个公务员与一个搬运工的未来能是一样的吗？谋得了公务员的岗位，多少可以给自己一个可期许的稳定的未来，而一个搬运工的未来是什么？谁又能给他一张明确的生活路线图呢？毕竟，那些走进大学校门的人都是期许“鲤鱼翻身”的。

明确反对这种观点，那是因为如果过度强调大学生就业的观念误区，过于把板砖都拍在大学生身上，真正是“社会问题”反而被忽视了。处于转型期的中国，户籍和社保是就业不能绕开的问题。这二者限制了劳动者在城乡之间、地区之间自由流动，制造了就业机会上的不平等，正是因为面临择业的大学生深知其中厉害，故而更要拼命地挤入提供城市户籍和完善保障的单位。在这种情况下，毕业生根本无法在城市和基层、热门单位和普通企业单位间进行有效分流。一方面是基层对人才求贤若渴，另一方面北上广等大城市却不得不一而再、再而三地提高“进城”门槛。原因是什么，无非是地区、城乡之间的巨大差距，带来了财富和权利上分配的不平等。

其实，在我反对“大学生当搬砖工”的时候，我也会想起小区门口那个卖麻辣烫的小伙子。理论上你不能去赞同“鼓励大学生去做搬砖工”，但现实中，如果无处可落脚，那必须先找个能吃饭的活。十多年前我毕业那会儿，就业远远没有现在艰难，但老师还是强调“先生存，后生活”。

作为个体，大的“时代病”我们暂时改变不了，可是我们必须先让自己能“好”起来。“有爹可拼”的人可以直接去做公务员，“无爹可拼”的人可能只好先去卖麻辣烫。我们必定心存不满，但这个世界本来就充满着不公平，而很多不公平常常就在眼前闪现。如果一味地去抱怨，而不是试图改变自己所能改变的境况，那只能把自己的生活搞得更糟。

老弟也是一个学历不高的人，但他在北京打拼，生活尚可。刚毕业那会，住过地下室，在城乡接合部租房子，工作换了一个又一个，后来竟然换到了外企。他常说自己“运气”好，可我知道，如果只是抱怨，而不是试图改变自己，想方设法挖掘自己的潜力，好的机会永远都不会到来。老弟在外企做设计，他的设计能力完全是大学毕业后自学的，然后靠着自己的作品进入了这家外企。我相信运气的成分，但我更相信努力和吃苦这二者必备的因素。

一位朋友说，“抱怨是无能力的表现”，这话有些“极端”，但我越来越相信它的“合理性”。遇到过一些“只抱怨不改变”的人，其实只要他们吃一点苦完全可以改变自己并不满意的境遇。

很多的问题，对“大社会”来说是“有解”的，但对于“小个体”来说暂时是“无解”的。在“无解”的境遇中，人总要寻找一些突破口，尽管这个突破口在理论上或许不该成立。就像小区门口那个卖麻辣烫的小伙子，从理论上讲，上完了大学，卖麻辣烫不该是他的归宿。可是在现实中他只能这么“突破”自己。我不知道他有没有未来，但至少他拥有着这个阶段还能说得过去的收入。

有时候总会看一些名人的演讲，我知道那些励志的心灵鸡汤不能完全化作生活教科书。但他们会告诉你一些态度。其实，对待这个世界的态度，和你征服这个世界的技巧，一样重要。我们总应该心怀那么一点希望，相信生活的无限可能性。在一个并不完美的社会里“画地为牢”，毁掉的只能是自己。

5
Part

善良的人，不会总吃亏

打小善良的人有时会吃亏，但绝不会事事吃亏。不要因社会偶尔病一次，就开始怀疑美德的价值。

善良的人，不会总吃亏

刘伯温讲过一个故事：柳下惠是贤人，他弟弟盗跖是鲁国大患。有人说，舜能感化他的弟弟，你为何不去感化你的弟弟呢？柳下惠心下怅然，前去盗跖营帐。盗跖命手下严阵以待，放他进来。盗跖问："圣人是怎样聚集天下人的呢？"柳下惠说："聚君子用道德；聚小人用财货；聚中间的人用制度。以此三端，天下之民无不可聚。"

盗跖说："我聚人完全不同于此。我用刀逼迫他，用血玷污他，从我者活，逆我者死。我烧毁他的田舍，杀光他的妻孥，荒芜他的田地，割断他的恩爱，斩绝他的顾念。使他不抢夺就没有饭吃，不跟从我就没有活路，我以此横行天下，哪里像兄长那么迂腐！"

我读朋友的日志，其中讲了这么一件事。他去西单图书大厦买书，看书时把雨伞挂在书架上，不留神被人拿走了。结账时发现前面排队的老头手腕上挂着他的伞，他犹豫了好久要不要去问，他怕万一不是，反倒冒犯了人家。后来他想到自己作为记者，如果连这点面子都磨不开，就没资格再吃这碗饭了。于是恭恭敬敬去问，老头一口否认，他忙向老头道歉。道歉之后，从伞柄的小划痕上，他发现那把伞确实是自己的，却又不好意思再开口了。回到家一直闷闷不乐，他在日志里说，感到自己像鲁迅笔下不敢抗争的奴隶那样屈辱。

日志下有人留言说，她儿子和别的小朋友玩，因为太文静，总被人欺负。人家把他的吃的和玩的夺走，他也不敢上去抢回来，因为在家妈妈说要友善，不要打架。看到这则故事，她突然怀疑自己的教育是不是正确。

我小时候也是这么被教育的。我上学早，班里的同学几乎都比我大，即便我不去找别人的事，也总有人来找我的事。我被他们欺负得很惨。有一天我突然想通了，爸妈生我养我送我来学校并不是让我来受欺负的。他们说不要欺负别人，没有说要忍受别人的欺负。于是我果断跟那帮熊孩子对着干，很快我的世界就平静下来了。却也得到一个不好的名声，就是我爱打架。直到很多年后，这一点才不大被人记得。当然，这一切我都不会让父母知道，我在父母面前仍然乖巧听话。我只是第一次亲身体验到世界的糟糕，明白礼让友善、诉诸道理未必能解决问题。

但这并不意味着，将来我在教育孩子时会鼓励他们和人打架。我仍然会像我父母教育我那样，让我的孩子对小朋友和善友好，不要打架。当他受到欺负时，自然会明白，父母教导的话并不是全然有道理。但是，我只能告诉他一半，另一半要由他自己去体会，他要吃亏，才能明白；他要碰壁，才能成长。否则就是揠苗助长。那些道理不应当由最亲近的人来教，而应当由社会来教。很多事情，唯有通过挫败才能明白，唯有通过受伤才能理解。他终有一天会明白：善良的人有时吃亏，并不意味着善良错了，只意味着世界有糟糕的时候。

打小善良的人有时会吃亏，但绝不会事事吃亏。不要因社会偶尔病一次，就开始怀疑美德的价值。历史漫长，盗跖几人？老人贪伞，仅此而已！拥有善德的人，会拥有生命的航向，即使在物欲横流的社会，也能潇洒从容，引领风尚。在社会上摸爬滚打，经验告诉我们：善心长存，惠及自己；以善养德，施恩社会。

给人让座，考验演技

在日本坐电车，时间久了发现一个与国内不太相同的风俗，就是不能让座。

大约是低调习惯了，日本的老年人和孕妇都不大希望自己成为受人瞩目的弱势群体，被照顾和谦让总会感到尴尬。

有次与朋友一同乘车，过了两站，上来了一位老人。

这位老人的年纪实在是太大了，拄着拐杖，须发皆白，身体几乎驼成了90度。周围的人都无动于衷，我浑身难受，如坐针毡，只好使劲拉了拉朋友的衣袖，问他怎么办。

他想了想，说："我们干脆装要下车，给他让座吧。"

我觉得这个主意好，于是老人走过来的时候，我们站起身，向他点头致意后走开。

眼看老人坐在了位置上，我舒了一口气。刚在车门旁站定，朋友便使劲拉我一把，我不明就里，懵懂地被他拽着下了车，"你干吗？怎么真的下车了？"我不解。

他小声说："站在车上，老人和其他人总会看到我们的，不如干脆下来。"

我笑他："你还真夸张！不过是心知肚明的事情，演戏而已嘛。"

他认真地摇头："既然选择不让老人尴尬，就不要留下任何尴尬的可能性。演戏也要好一点儿的演技，才算是真正的成全啊。"

深冬，去黑龙江朋友的家中过春节。给老人拜年时，朋友"扑通"一声跪倒，把我吓了一跳。然后眼见他虔诚地全身伏倒，向笑得合不拢嘴的老人咣咣磕了几个头，一点儿都不放水，额头都明显红了一块。

拜完年后我偷偷问他："干吗那么卖力？"

他说："我们这里都要这么磕头拜年，磕得轻了老人会不高兴，别人也会说你没家教。"

我说："孝顺不一定要体现在磕头上啊。工作顺利，往家里拿点儿钱，平时多陪陪老人……都能体现心意不是吗，何必非要形式主义？"

他笑笑，说："人老了，钱反而没那么重要了，有时候在乎的就是那一点儿仪式感。你表现得重视，他就高兴。"

他又说："就算哄，也要哄得像那么回事。老人虽然老了，是不是敷衍还是看得出来的。"

去听一位演讲大师的授课，他说，讨人喜欢大都体现在说话的细节上。

比如，不要说“谢谢”，要说“谢谢你”，不要说“抱歉”，要说“真的对不起”。

想想还真是这样，加了几个字，听起来就更具诚意。

大学时看《美丽人生》哭得一塌糊涂。那是个幸福又不幸的故事：集中营里，为了保护儿子，父亲导演了一场浪漫而残酷的游戏美梦。他告诉儿子只要遵守规则，攒够1000分就能赢得坦克并回家。最后儿子躲在柜子里，父亲从他的面前带着笑容大步走过。儿子始终记得父亲告诉他的话，不能出去，出去就得不到坦克。

父亲的表情和语气那么认真，他相信了。电影里的儿子即使长大以后，也会拥有更加健全、乐观和积极的心态。

为了你在乎的人，彩衣娱亲也是雅事一桩。为了在乎你的人，又何妨当一次高规格的影帝。

不会有谁关心戏份真假，只关心演得投不投入。

想要你仔仔细细画一个饼给我，哪怕虚幻如泡沫，也能感到四周洋溢的香甜与充斥的饱腹感。因为你认真了，因为我投入了。因为那是你给我的，而我爱着你。

人生如戏，请给我好一点儿的演技。

拒绝是一种艺术

拒绝是一种艺术；不要随便地拒绝，不要无情地拒绝，不要傲慢地拒绝；要能委婉地拒绝，要有笑容地拒绝，要有代替地拒绝，要有出路地拒绝。

——星云大师

有一个意志消沉的年轻人，去向一位禅师请教从痛苦中解脱的方法。

禅师说，你自己去悟一下，便会明白了。

一天以后，禅师问他是否有所悟，他摇头，禅师便举起戒尺打了他一下。

第二天，禅师又问。年轻人仍然不知，禅师又用戒尺打了他一下。

第三天，他再次向禅师表示没有收获。当禅师举起戒尺打过来时，他伸手抓住了禅师的戒尺。

禅师不怒反喜，笑道："你这不是已经悟出了解脱的方法吗？就是拒绝痛苦啊！"

宽容是我们道德大厦中重要的横梁，拒绝也是不可缺少的支柱。从自身而言，要学会拒绝痛苦，拒绝一些本可以避免的心理问题；从他人而言，要学会拒绝一些无法完成的任务，给自己留下更加广阔的空间，也避免因无法兑现自己的诺言而失信于人。

当然，拒绝需要方法。当你能够游刃有余地运用拒绝的艺术时，就可以既解决了问题，实现了目的，又避免了双方的尴尬。

以前，有一个国王，他有一个美丽的女儿，视如掌上明珠。凡是公主要求的东西，国王从来都不会拒绝，就是她要天上的星星，国王也恨不得攀登天空，为公主摘下来。

一个春雨初雾的午后，公主带着婢女徜徉于宫中花园。忽然，公主的目光被荷花池中的奇观吸引住了。原来池水的热气经过蒸发，正冒出一颗颗状如琉璃珍珠的水泡，浑圆晶莹，闪耀夺目。公主看得入神忘我，突发奇想："如果把这些水泡串成花环，戴在头上，一定美丽极了！"

她打定主意，于是跑回宫中，把国王拉到了池畔，对着一池闪闪发光的水泡说："父王！您一向是最疼爱我的，我要什么东西，您都依着我。现在女儿想要把池里的水泡串成花环，戴在头上。"

"傻孩子！水泡虽然好看，终究是虚幻不实的东西，怎么可能做成花环呢？父王另外给你找些珍珠水晶，一定比水泡还要美丽！"国王无限怜爱地看着女儿。

“不要！不要！我只要水泡花环，我不要什么珍珠水晶。如果您不给我，我就不想活了。”公主哭闹着。

束手无策的国王只好把朝中的大臣们集合于花园，忧心忡忡地说道：“各位大臣们！你们号称是本国的智者，你们之中如果有人能够用池中的水泡，为公主编织美丽的花环，我便重重奖赏。”

“报告陛下！水泡触摸即破，怎么能够拿来做花环呢？”大臣们面面相觑，不知如何是好。

“哼！这么简单的事，你们都无法办到，真是没用！如果无法满足我女儿的心愿，你们统统提头来见。”国王盛怒。

“国王息怒，我有办法替公主做成花环。只是老臣我老眼昏花，实在分不清水池中的水泡，哪一颗比较均匀圆满，能否请公主亲自挑选，交给我来编串。”一位须发斑白的大臣笃定地打圆场。

公主听了，兴高采烈地拿起瓢子，弯下腰身，认真地舀取自己中意的水泡。本来光彩闪烁的水泡，经公主轻轻一触摸，霎时破灭，变为泡影。捞了半天，公主一颗水泡也捞不起来。此事只好作罢。

谁能将镜中美丽的花朵采撷下来？又有谁能够把水中动人的月影掬在手中？显然，公主水泡花环的梦想是难以实现的。可是，当公主哭闹，国王盛怒之时，直接拒绝无疑是最愚蠢的行为，甚至可能招致杀身之祸。所以，聪明的大臣运用了自己的智慧，通过委婉的方式让公主自己领悟到水泡是无法串成花环的。

星云大师说，委婉像是一道善意的门缝，给他人留下了出入的空间，同时也给自己的机遇留了一个入口。人生有很多机遇，都是因为你留下的这一道狭窄的空间，才固执地找上门来。生活中，我们有时不需要正面地、直接地去拒绝别人，我们应在推辞的同时避免伤害到他人，这也是一种佛家的智慧。

你的敏感，别人往往不会在意

1

我不会忘记弟弟高考后从大门出来的那个下午，低头噙着泪水，强忍着不想被他人看穿的神情。

或许也就是从那之后，他开始变得敏感又冷漠。

平时在朋友圈不刷屏不罢休的他，现在可能会偶尔地发一条，但如果过了三分钟都没有任何评论点赞的话，他就会觉得是不是他在朋友圈里说错了什么。

然后开始反复审视这条动态，最后果断删掉，仿佛一切都没发生过。

聊天的时候，如果顺畅地聊了一段时间，这时一句话发过去对方突然没反应，他就会考虑是不是前面的哪句话得罪她了，想接连发好几个对不起，只要对方不生气就好。

甚至到现在，他在和别人面对面交流的时候，会对他人的动作、眼神等细节有很强烈的感知性，以至于他总是在不停地揣测对方的内心真诚与否、这个动作的动机是什么，他每次看穿他们，就会让他自己更难过。

有天，弟弟忍不住向我诉苦，说敏感的自己真的好辛苦。自己始终都在承受着别人看不到的痛楚。

我拍拍他的肩膀，对他说："其实我也和你一样经历着同样的事情啊。"

小学我是一个很内向的小孩，老师为了锻炼我，让我代表班级参加诗歌朗诵比赛。

那是我第一次登台，我攥着小手，战战兢兢地走到台前，礼貌地向评委席鞠了一躬，在我准备开口的时候，我已经紧张得把内容全忘了。

台下一片安静，同学和老师都注视着我，而我连看他们的勇气都没有，我就极度焦虑地望着天花板，这期间我一直在想怎么办？再想不到老师一定会生气啊。我也一定会很丢脸。

况且想不起来的话，我喜欢的那个姑娘也会对我失望吧。

这种思想斗争足足持续了三分钟，我被主持人尴尬地请下了场。

我下台的那一瞬间，浑身都湿透了，我发誓以后再也不上台，我觉得此时台下的同学只要在说话，一定是在讥讽我："他笨得上个台连话都说不了。"

最重要的是，我认为自己已经彻底失去那个女孩的青睐了。

回到学校，每当我看到有两个人在我旁边哈哈大笑或者他们在我耳边低语，我都会觉得那是在嘲笑我；并且如果上课的时候，老师看都没看我一眼我就会觉得老师她已经决定抛弃我了，特别悲伤。

两个星期后，我终于忍受不住这种压抑的气氛，向老师解释，在班会课上当着大家的面郑重道歉。

然而当我向老师和同学提及这件事情的时候，他们却惊讶地讲："如果你不提，我们估计都忘了呢。"

听到这句话我有点庆幸，庆幸大家根本没有那么在意，但是过了几分钟我觉得自己又有点丢脸，为这么一件大家都快忘了的事情痛苦了两个星期，甚至差点放弃了自己。

2

生活中有这样一群人，他们经常在聚会中沉默寡言，默默地坐在角落里，好像他们时时刻刻都在反思自己。

别人找他聊天他也是礼貌性地回答，但是很难走入他们内心的真实世界。

虽然有时他们会突然间逗比地让人捧腹不止，但其实在逗乐别人的同时他们对别人的评价也非常在意。

他们会因为说错一句话而自责很久，也会对自己产生怀疑。

就好像别人扔给他一个松果，他能脑补出一个冰河世纪。

说起来也奇怪，他们不仅在热闹的人群中拘谨而不自然，似乎也对孤独的生活感到无聊和沉溺，他们也想彻底摆脱这样的困境，但几次挣扎的失败他们不得不选择放弃。

那他们到底应该怎么办呢？这个时候我就得讲讲我的表妹了，一个寒暑假永远在独自旅行的姑娘。

有次暑假我给她打电话。

“你一姑娘家独自去旅行，不觉得孤独吗？”

“孤独啊，但是孤独多好啊，想去哪里就去哪，也不用顾忌其他人的感受，在路上可以尽情地认识自己喜欢的朋友，所有时间全部都是我自己的，多充实开心啊。”

“那你现在在哪呢？”

“我在泰国呢，刚才在飞机上认识了几个和我一起去普吉岛的妹子，我们现在在宾馆玩着狼人杀呢。”

“什么！人家同意和你一块住了？你是怎么和她们聊起来的啊？”

“我就说，我也是去普吉岛的啊，要不咱们一起玩呗！然后大家就聊起来了，越聊越欢，最后我就跟她们住一家宾馆了！”

她呵呵地傻笑着，而我则有点吃惊，我心想要是当时是我的话，我肯定不好意思开口。

我是既怕被拒绝会掉面子会特失落，又担心别人会怀疑我居心叵测，图谋不轨，最重要的是我觉得自己也不是很优秀，不一定能配得上她们的品位。

然而我这个表妹就不一样了，她敢把她所有真实的想法都表现在她的喜怒哀乐里，高兴就趴在地上咧嘴大笑，难过就撅着嘴做各种嫌弃的表情，从来不在意别人怎么想她。

“其实我挺羡慕你可以毫无顾忌地做自己喜欢的事情。”我想了一会儿跟她说。

“哥，一个人成熟的标志之一，就是明白每天发生在自己身上的99%的事情对于别人而言毫无意义啊。”

没想到这丫头天天傻了吧唧的，仔细想想她的思想好像比我还深邃。

的确，别人并没有我们想象中那样，那么在意我们，顶多是偶尔看了一眼就接着忙他们自己的事情了。

而我们则一直沉浸在喜不喜欢啊，丢不丢脸啊，别人会怎么想我啊这种只会自己觉得尴尬、郁闷、难过的事情里。

我现在才意识到，其实我们终其一生，都是要摆脱别人的影响，找到真正的自己。

3

我在豆瓣上曾经听过这么一个悲伤的小故事：

“20岁的时候，我以为全世界都在看我，我就是宇宙的中心；

40岁的时候，我想可能还有一群人喜欢我，我不肯放弃；60岁的时候，我才真正接受，真的没多少人在意我，我有点后悔，这个时候才开始活出自己最真实的模样。我这辈子犯的最大的错误，就是花费时间去在乎不怎么在乎我的人。”

其实，我们都无法做到让大家都喜欢我们，我们无法做到完美，所以评价一个人我们只需要看他在面对那些不喜欢的人时，真实的有多精彩就足够了。

村上春树不是说过这么一句话么：不管全世界所有人怎么说，我都认为自己的感受才是正确的。

无论别人怎么看，我绝不打乱自己的节奏。喜欢的事自然可以坚持，不喜欢怎么也长久不了。我其实知道你有时也和我一样，特别特别想做成一件事情或者想成为一个什么样人。但可能我们会被那些喝着啤酒撸着串，时不时给你说几句大道理的成年人，那些在暗处等着看你笑话的同学，或者是那些在大赛上随意否定你的评委，阻碍了我们前进的方向。

现在，我们不要再管他们了，我们只需要想的是，我真的喜欢吗？我真的热爱吗？如果答案是肯定的，那就试试看好了，在还年轻的时候，多一些信仰，少一些欲望，没有什么是比这更美的了。

不管你是想成为一名流浪在丽江的文艺女青年，还是成为导演去制造一个个惊喜的瞬间。尽管试试看吧。

这些所谓的人生哲言、爱情宝典、心灵鸡汤，这种动动嘴皮子的事情都不能帮助你接近幸福，找到可爱的另一半，或者事业上彻头彻尾的成功。

因为不同的经历造就不同的人生，那些大人们的成长经历塑造了他们，而你的经历才能成为你自己，别人的话没用。

自己的人生是用自己的欢笑和泪水走完的，所以当我们忽视一些的时候，可能敏感就会减轻一点。

敏感的孩子的确会感受到这个世界更多的痛苦，但我也相信当我们走出来的时候，也会更多地发现这个世界的温柔和精彩。你说是吗？

青年人的“五力”

青年人无不坐拥雄厚的时间资本，血气方刚，豪情万丈，似乎万物皆为我备，诸事大有可为。“我愿”彰显理想，“我敢”弘扬勇气，“我能”崭露信心，真是舍我其谁，不遑多让。

然而，涉世之初，青年人常不免在迷宫中行走，在误区里逗留，在歧路上彷徨，要涉险过关，绝非轻而易举。

无数事实证明：机会只青睐那些做好了准备的人，成功只挑选那些智勇双全的人，幸福只归属那些满怀爱心的人。青年人的优势固然明显，“永不言败”“一切皆有可能”“没有什么不可以”“心有多大，世界就有多大”；青年人的劣势也毋庸讳言，那就是“万事开头难”“挫折不容规避”“有许多学费要交”“有不少弯路要走”。

青年人必须扎扎实实地打好哪些基本功，才可望出类拔萃？哪些能力练就于青年时期，必将终身受益？我认为，以下“五力”乃是荦荦大端：思考力、判断力、行动力、忍耐力和创造力。

你也许会问：“为何这‘五力’中没有包含想象力？”想象力是人类天赋的能力，正如大象可以起舞，大鹏则可以翱翔，前者笨重，后者轻盈，任何努力都很难改变。若单论想象力之雄奇，诗圣杜甫有“窗含西岭千秋雪，门泊东吴万里船”，诗仙李白有“飞流直下三千尺，疑是银河落九天”，谁是大象，谁是大鹏，一目了然。

思考力则迥然不同，如果后天训练得法（居安思危，见微知著，追根溯源，实事求是），就能大幅度提升自己的段位。青年人勤于动脑筋，善于动脑筋，才能获得智者的资质；倘若只知逞愚勇，耍蛮劲，一介莽夫，则难堪大用。青年人脑瓜子灵光，只要常识充分充足，知识活学活用，主见就不会突然断电。

以思考力为前锋，判断力将接棒跟进。黑白、美丑、是非、善恶，多半处在疑似之间，有的化了妆，有的整了容，有的披了画皮，有的转了基因，从来就不是一目了然的。一旦判断力短路，你要明辨是非曲直，权衡利害得失，将是一项不可能完成的任务。

孙悟空本领超强，火眼金睛乃是最奇异的独门绝技，比他的筋斗云和七十二变更加了不起，非凡的洞察力使之具备绝佳的判断力，妖魔鬼怪遂无所遁形，难逃于天地之间。舍此一项，筋斗云和七十二变都会沦为江湖把戏。

常人没有美猴王的火眼金睛，判断力只能借助深入思考和综合分析来获取，一旦透过假象的迷雾看清事物的本质，又怎会人云亦云，矮子看戏乱吆喝？

思考力、判断力按部就班，行动力就如箭在弦上，随时可发。谋定不夺，行成于思，战胜惰性，解决疑难，把思虑周全的事情做好，成就感方能手到擒来。行动力以智和勇为坐标，失智则盲目，乏勇则束手。

在《西游记》中，唐僧代表的是贵人，因人成事；孙悟空代表的是能人，屡建奇功；猪八戒代表的是庸人，好吃懒做；沙和尚代表的是苦人，任劳任怨。猪八戒的思考力、判断力和行动力均极为稀薄，因此他总是被妖魔捉弄，把事情搞砸，他法号“悟能”，实则无能。

忍耐力是行动力的加油站，行动者在执行任务的过程中，必须忍耐各种委屈、苦楚和无妄之灾，这是不可规避的考验。孙悟空遭受过不寻常的挫折，他被镇压在五行山下，被禁锢在八卦炉中，唐僧不辨妖魔，动不动就念紧箍咒，猪八戒很少帮忙，只会添乱添堵。正是在极其糟糕的境况之下，孙悟空的忍耐力不断提升，责任心越来越强，大局观也越来越好。青年人若能够忍耐寂寞，忍耐痛苦，忍耐委屈，忍耐愤懑，又何患无成。

以上四力齐备，创造力就会应运而生，它是一种水到渠成的合力。爱迪生发明电灯，吃了许多苦头，流了许多汗水，走了许多弯路，当他的思考力、判断力、行动力、忍耐力全都打足一百分，他的创造力就及时校正了准星。

青年人常会有认错反向、走错路、说错话、做错事、交错朋友的时候，身上难免会有这样或那样的坏习惯。但可怕的并不是你时常犯错，而是你从不反省，从未品尝过赧然的苦涩滋味，从未体验过幡然悔悟的绝妙感觉。就算你才能出众，信心爆棚，成就卓著，倘若不把自律、自省、自新的功课做好，栽个大跟头，甚至一蹶不振，乃是迟早的事情。

青年人经常深刻地反省自己的所作所为，纠错能力就会更强，走向成熟和成功的步伐就会更快更坚定。

人生之乐，乐在随意

生活里的乐趣，莫过于三五知己相聚，不在乎吃什么，只图个清静的环境聊天。在居室局促的文人中，有这样条件的朋友无几，只能跑到外边去想辙。这里说的外边，无非是餐厅茶馆。

这会儿的北京城，要说餐厅、茶馆、酒楼，比过去年间多得多。老字号的如全聚德、萃华楼等依旧红火，新开餐馆几乎什么风味儿都有，就连挂着洋人牌子的餐厅都有多家，更不要说遍布大街小巷的小吃店。可是认真地掂量掂量，普通人吃得起又称心的，恐怕就很难找出几家来了。

当今文人吃喝上比较讲究的，除了算得上美食家的那几位，有的早已经成了古人，有的年事已高不便走动，就大多数文人来说，并不是特别喜欢大嚼名菜名点，只要有几样可口的小菜，再加上一壶好茶几杯淡酒，大概就很知足了。至于用餐的环境和时间，倒是不能过于马虎，环境不见得要如何豪华但要幽静，时间可以不计较早晚但要从容，以便无拘无束地闲聊漫侃。高级酒楼由小姐分盘布菜的方式，对于某些达官贵人、富豪明星，无疑是种显赫标志和舒服享受，然而对于散淡惯了的文人来说，有时反而会觉得繁缛别扭、无所适从，在少些干扰的环境里边吃边聊反而自在。

这几年本人有幸被人请去吃饭，豪华的饭店、酒楼也去过几家，山珍海味、南点北菜，也尝过不少，只是到了我的肠胃里，几乎通通变成大烩菜，很难辨出到底味美在哪里。说起来真的有点难为情，更对不起各路烹饪大师，可是我天生一副粗茶淡饭的肠胃，注定不能享受烹龙炮凤，稀饭豆腐反而吃着滋润。这就是命，不能不认。

同那些大酒楼比，去过的两家小餐厅令人难以忘怀。

一家在东大桥。老作家吴祖光先生健在时，有次他请美籍华人作家萧逸先生吃饭，就在这家私营小饭馆，因为我也认识萧先生，做东的吴老就让我作陪，我这才知道有这么一家小馆。这家餐馆店堂不大，装修得挺雅致，菜是随时叫随时炒，咸甜酸辣跟客人商量，几乎跟在家里用餐一样方便。我们三人边吃边聊，菜也清淡，话也清爽，感觉比在大饭店里舒适得多。萧先生好像也很欣赏这个地方，次日他做东请几位作家吃饭，执意还要在这家小餐馆，可见文人的癖性爱好都差不多。

另一家在东四。第一次去这家小餐馆，是李硕儒兄带我去的，当时他任《小说》杂志主编，请浙江作家汪浙成先生吃饭，浙成兄跟我也是多年朋友，我同样跟着蹭饭。这家小餐馆似乎更可人意，后来我请客特意跑到这家。有次请两位西北作家吃饭，他们刚从国外访问归来，吃了几天西餐吃烦了，这顿饭想要换换口味儿，就提出来吃炒酸辣白菜。我就请老板跟厨师商量，一会儿工夫，一盘红白相间的辣白菜，冒着热气飘着香味儿，就摆在了我们的餐桌上。两位朋友吃后连连叫绝。看来餐馆不在如何豪华，饭菜不在怎样高档，只要觉得舒服随意就好。

这会儿一说起吃喝穿戴，都愿意跟文化连在一起，什么酒文化，什么食文化，什么服饰文化，如此等等，听起来蛮文明时髦的，只是做起来并非那么回事，让人有种酸文假醋的感觉。那年去海口承朋友盛情，请我们在两家大酒楼用餐，这两家酒楼的潮粤菜，做得倒是非常地道，无可挑剔。遗憾的是那用餐环境，实在有点太不伦不类。一家边吃边让客人听通俗歌曲，另一家边吃边让客人看洋妞跳舞，着实让我们有些心烦意乱，远没有用广东音乐助餐愉快。要说这也是饮食文化，说句实在话，我还真的不大敢恭维。

在吃饭穿衣问题上，我历来觉得随意最好。

因此，在今天普遍追求华丽包装的餐饮业，当真有几家环境幽雅清静的小馆，而且真的按“丰俭由人，随意自便”待客，我会认为是最好的友人相聚处。

你首先得做一个听众

在生活中，常会有亲友让你帮他出主意，这时候，很多人会急人所急，迅速拿出自以为行之有效的办法，而结果往往事与愿违。

《红楼梦》第22回，因为要给宝钗过生日，凤姐儿找贾琏商量，要他帮着拿个主意。贾琏误以为凤姐儿真的遇到难题找自己来解决，于是，自信心急速膨胀，立马就给凤姐儿出了个主意："你今儿糊涂了。现有例子，那林妹妹就是例子。往年怎么给林妹妹过的，如今也照依给薛妹妹过就是了。"

这话虽有理，却没有说到凤姐儿心窝里。于是，她冷笑道："我难道连这个也不知道？我原也这么想定了。但昨儿听见老太太说，问起大家的年纪生日来，听见薛大妹妹今年15岁，虽不是整生日，也算得将笄之年。老太太说要替她做生日。想来若果真替她做，自然比往年与林妹妹的不同了。"

贾琏这才明白了老婆的意思："既如此，比林妹妹的多增些。"听到贾琏终于说出了自己的想法，凤姐儿这才和颜悦色道："我也这么想着，所以讨你的口气。"

在找贾琏之前，凤姐儿内心早有盘算，她不过想找个支持者而已。但是，对人情世故洞若观火的凤姐儿，在邢夫人找自己出主意时，犯了和贾琏同样的错误。

第46回，贾赦想讨鸳鸯做小老婆，邢夫人叫来凤姐儿说："老爷托我，我不得主意，先和你商议。老爷因看上了老太太的鸳鸯，要她在房里，叫我和老太太讨去。我想这倒平常有的事，只是怕老太太不给，你可有法子？"

凤姐儿当即就出了个主意："依我说，竟别碰这个钉子去。老太太离了鸳鸯，饭也吃不下去的，哪里就舍得了？况且平日说起闲话来，老太太常说，老爷如今上了年纪，作什么左一个小老婆右一个小老婆放在屋里，岂不耽误了人家。放着身子不保养，官儿也不好生做去，成日家和小老婆喝酒。太太听这话，很喜欢老爷呢？这会子回避还恐回避不及，倒拿草棍儿戳老虎的鼻子眼儿去了！"

这话本是金玉良言，也是为了邢夫人好，但是，因为凤姐儿在没有摸清邢夫人的意图之前，就急于出主意，结果，自己先碰了个钉子。

邢夫人一听这话，立马变脸，冷笑道："大家子三房四妾的也多，偏咱们就使不得？我叫了你来，不过商议商议，你先派上了一篇不是。"

凤姐儿何等聪明，马上意识到自己婆婆"又弄左性，劝了不中用"，急忙见风使舵，一面赔笑说"太太这话说得极是"，一面骂自己“竟是个呆子”， 甚至奉承邢夫人“有智谋”，邢夫人这才“又喜欢起来”。

很多人在求你帮着出主意时，心里其实已经有了主意，而且觉得这个主意很好，之所以假意向你求助，只是希望得到你对这个主意的支持和认同，并从这种支持与认同中，得到一种心理满足。而这个时候，如果你急切地表达自己的意见，而这种意见又与对方的想法不一致，那么，不仅对方不会听取，反而有可能恶化人际关系。

“听话听音儿”，别急着替别人出主意。当有人来找你诉说，并央求你出主意时，一定要分清，对方是只想让你做个合格的听众，还是真的没了主意，急切地想让你成为他的“诸葛亮”。如果是前者，安安静静地做个听众，听他诉说，才是最明智的选择。

别让“先入为主”蒙了眼

曾经最讨厌的人居然支持我

最初在培训机构做市场调研时，我有个奇葩同事叫谷子，她是个有着精致面孔修长身材的女孩，不仅如此，她还是个工作狂。

初入职场，她是公司里最令人瞩目的员工，每天像打了鸡血一般风风火火地去跑市场，业绩自然而然的蒸蒸日上，而她身边也总是围着一帮自愿送早餐、端茶倒水献殷勤的男士。

但我很讨厌谷子，因为她有一次不知是有意还是无意的，抢了我的客户。

不止我讨厌她，办公室里很多女生都不喜欢她，背后常聚到一起对她议论纷纷，无非是说她假积极、爱出风头、妖媚不合群，其实是赤裸裸的羡慕嫉妒恨。

我没有参与过这种无聊的讨论，但我不喜欢她，却是真真切切的。我觉得她特立独行的像来自外太空，不知道她为何总是高昂着头，一副爱谁谁老娘只做自己的样子。

但后来有一件事彻底扭转了我对谷子的看法。公司年底要组织一次与客户的互动活动，领导安排我负责写策划方案，我上网查资料熬夜写出了方案第二天交给领导，活动获得前所未有的成功。在庆功会上，公司总经理热情洋溢地表扬了我的领导，夸他思路清晰、方案卓越，并当场奖励他一个大红包。

其实在场很多人都知道方案是我写的，但大家都纷纷鼓掌祝贺我的领导，各种溢美之词纷至沓来。但那掌声在我听来，既讽刺又尴尬。我有些不知所措。

这时，一个很响亮的声音从人群中传来，“你们都是搞笑专家吧，那方案明明是青青写的，鼓掌鼓错方向了。”

其实我的领导没有恶意，也不想独揽功劳，他只是没来得及说明而已，而且也是有心奖励我的。但谷子在那时候的挺身而出，让我的心里瞬间火热起来，仿佛一块寒冰突然解了冻，仿佛沙漠中的杨林忽遇春风。

在那样尴尬的情况下，平日嘻嘻哈哈所谓的小伙伴们没有人在意我的感受，没想到却是我曾经最讨厌最看不上的那个人，给予了我莫大的支持。

从那以后我与谷子的关系迅速火热起来，我问她，“当着领导的面儿，你怎么那么傻，大家都知道真相，只是不方便说。你不怕得罪领导？”

谷子高昂着头，斜睨着眼说，“怕什么啊，大不了开除我，姐人美胸大学历高，到哪儿都能吃口顺心饭。”

如果在两个月前，谷子这幅爱谁谁的傲慢姿态是我最讨厌的，可如今我觉得这个姿态美呆了。

说这话的时候，恰好云开雾散，一缕阳光洒在她头上，在那一刻，我觉得她真是我的女神。

走近，才知爱与恨

电影《我的少女时代》里，单纯的林真心最初也是那样讨厌着傲慢霸道的徐太宇，但慢慢走进了他的世界，她才渐渐发现他伪装下的可爱和悲伤，才会在青春的迷惘中一直喜欢着他。我相信如果林真心不曾走近徐太宇，她也不会发现真实的他。

最近迷上看《金星秀》，节目里不仅金星的语言风格凌厉，连嘉宾都变得真实。以前我很不喜欢伊能静，觉得是她背弃了爱情背弃了婚姻，是个典型的绿茶婊。但看了她的访谈，我竟对她有了一丝同情。少年的颠沛流离，一生都在寻找爱情，为了幸福她付出了很多，没有哪个人活在世上是容易的，你不曾认知她的整个世界，又有什么权利对她指手画脚。

范玮琪的那首歌《一个像夏天一个像秋天》，歌词非常美，“第一次见面看你不太顺眼，谁知道后来关系那么密切，我们一个像夏天一个像秋天，却总能把冬天变成了春天”，我觉得这首歌正是我与谷子的写照，我很庆幸我们相互走进了彼此的世界，发现了对方最真实可爱的一面，不然我们将永远势同水火，永无相交的可能。

只有走近一个人，才知爱与恨。闺蜜小美曾经讲过一个故事，高中入学时，她与同宿舍的一个姐妹一见如故，因为对方笑起来眼睛弯弯的，特别有亲和力。但是相处了一段时间才发现，对方是个心口不一的人，会暗自写日记损她骂她，但当面还是滴水不漏的亲密，挽胳膊搂腰，一切照旧。所以当小美无意间发现同学的日记本上，写满对她的不满之后，小美当场崩溃了，哭得昏天暗地。好姐妹自然做不成了，从此反目成仇，见面都互相懒得看一眼。

你永远都读不透一个人的心，就如同你看不懂这个世界。你一心讨厌的，没准以后恰恰是你最喜欢的，你掏心掏肺的，或许明天就势同水火了。所以距离，是个很奇怪的东西，能成就一段关系，也能毁掉一段关系。

不要把自己的价值道德观强加于别人

有时我们总习惯于抬高自己的道德高度，习惯于用自己的道德观价值观去衡量别人，其实我们有什么权利这么做？因为道德也是有适用范围的。

我曾经认为谷子是个被打了好几罐鸡血的傲慢婊，是因为我觉得做人应该低调，应该与人为善，应该随波逐流，应该符合“仁义礼智信、温良恭俭让”。所以她表现的盛气凌人，我觉得她没有教养，她特立独行、风风火火，我觉得她是不合群。

但是虽然她不符合“仁义礼”，也不符合“恭俭让”，可她坚持自我，敢于说出事实，酷爱生活，总是不断地让自己变得优秀，这也是我求而不得的美德啊。

可大多数人都只能看到她在一定道德体系内的缺失，却读不到她的闪光点，或者她的闪光点不在大多数人的道德评判之内，大家就会给她贴上各种不良标签，并连同更多人在背后对她议论纷纷。

很多人喜欢对别人指指点点，实质上是想证明自己，证明自己在体制内，证明自己站在道德的制高点上。可是道德标准又是谁制定的呢？母系社会里人只知其母，父系社会里人只知其父，封建社会一夫一妻多妾制，如今一夫一妻制，如此更迭的制度在历史范围内都是允许的。80年代的口号是“孩子只生一个好”，政府为了控制二胎是要求妇女结扎的，但如今却是鼓励二胎。时代不同，你能说哪个标准是完全正确的？今天还是对的，也许明天就变了。

道德与价值的标准存在适用性，也是在发展的。所以我们大可不必把自己的道德观念强加于别人身上。

告别先入为主

有多少人是因为听说榴莲臭而主动拒绝吃榴莲的，恐怕不愿意吃榴莲的人群中有很多是根本还没吃过榴莲的；有多少人是因为听说河南人做生意不实在而不愿意跟河南人来往的，其实河南人真的也很有古中原人的风范呢。

有多少观念是你先入为主的？不敢吃的东西，不愿交往的人，不喜欢的东西。因为书上是这样写的，网络里是这样说的，别人是这样告诉你的，所以你的脑子里就先入为主了。前些年网络上都在喷芙蓉姐姐和凤姐，但现在来看，芙蓉姐姐也不那么讨厌了，凤姐也堪为励志的典范。至少让我去做修脚的工作，我是有点弯不下腰的。

我不曾知晓身边每个人的过往以及现在，所以渐渐地我变得谨慎。对于奇葩类的朋友，我宁愿走近她去了解一下，而不是妄下断言指指点点。我总想，或许以后我们会成为最亲密的朋友，谁知道呢。

我坚信“仁义礼智信”是好的，所以如果我妄下断言，那我的“仁义礼智信”跑去哪了呢？

修养，是你的第二种身份

张君从英国留学回来，我们几个好友为他设宴洗尘。席间，一个朋友不雅的口头禅使他很不快，几次露出厌恶的表情。席散送张君回家的路上，我替那位朋友解释说，那句口头禅不过是无所指的语言习惯，听惯了也就不觉得什么了，张君沉默了一会说，我给你讲一下我刚到英国的经历吧：

和在布里斯托尔的大多数中国留学生一样，我也是借住在当地一户居民家中，这样既省钱，生活条件又好。

房东姓坎贝尔，是一对老年夫妇。坎贝尔夫妇待人热情大方，他们只是象征性的收我几英镑房租，硬把我从邻居家“抢”了过来。有一位外国留学生住在家里，对他们来说是一件很自豪的事情。他们不仅让整个社区的人都知道了这件事，还打电话告诉了远在曼彻斯特和伦敦的儿女。

我实现了我出国留学的梦想，父母欠下十几万元的债。我自然非常珍惜这得来不易的学习机会，晚上在图书馆一直待到闭馆才离开是常有的事。好在我遇到了好东家，可以一门心思学习，一点儿也不用为生活操心。每天我会到“家”里，可口的饭菜都在等着我，每隔四五天，坎贝儿太太就会逼着我换衣服，然后把换下的脏衣服拿去洗净熨好。可以说，他们就像对待亲儿子一样待我。

可是，没过多久，我就感到坎贝儿先生对我的态度有些转冷，看我的眼神有点异样。好几次吃饭的时候，坎贝儿先生都好像有什么话要对我说，但是看看太太，又把话咽了回去。我开始猜测，他们是不是嫌我的房租太少，想加租又不好意思说？

那天晚上11点多我从学校回来，洗漱完毕刚想脱衣睡觉，坎贝儿先生蹑手蹑脚地走进我的房间。寒暄两句后，坎贝儿先生坐到椅子上，一副谈话的架势。看来他终于要说出憋在心里的话。我心里早有准备，只要在我承受能力之内，他加多少房租我都答应，毕竟这样的东家不是到哪都能找到的。

“孩子，”坎贝儿先生开口道，“在你中国的家里，你半夜回家时，不管你父母睡没睡，你都使劲关门、噼噼啪啪地走路和大声咳嗽吗？”

我愣住了：难道这就是憋在他心里的话？

我说：“我说不清，也许……”真的，长这么大还从没有人问过我类似的问题，我自己也根本没有注意过这些“细节”。

“我相信你是无心的。”坎贝儿先生微笑着说，“我太太有失眠症，你每次晚上回来后都会吵醒她，而她一旦醒来就很难再睡着。因此，以后你晚上回来如果能够安静些，我将会非常高兴。”

坎贝儿先生停顿了一下，接着说：“其实我早就想提醒你，只是我太太怕有伤你的自尊心，一直不让我说。你是一个懂事的孩子，你不会把我善意的提醒视为伤害你的自尊吧？”

我很勉强地点头。我并不是觉得坎贝儿先生说的不对，或者有伤自尊，而是觉得他有些斤斤计较。我和父母一起生活了20几年，他们从没有跟我计较过这种事情，如果我也因此打扰过他们的话，他们肯定会容忍我的，充其量把我的卧室门关紧而已。我心里感叹：到底不是自己的家呀！

当然，尽管我心里有牢骚，但我还是接受了坎贝儿先生的提醒，以后晚上回屋尽量轻手轻脚。

然而，不久的一个下午，我从学校回来刚在屋里坐定，坎贝儿先生跟了进来。我注意到，他的脸阴沉着，这可是少有的。

“孩子，也许你不高兴，但是我还得问。你小便的时候是不是不掀马桶垫子？”他问。

我的心里“咯噔”一声。我承认，有时我尿憋得紧，或者偷懒，小便的时候没有掀开马桶的垫子。

“偶尔……”我嗫嚅。

“这怎么行？”坎贝儿先生大声说，“难道你不知道那样会把尿液溅到垫子上吗？这不仅仅是不卫生，还是对别人的不尊重，尤其是对女人的不尊重！”

我辩解："我完全没有不尊重别人的意思，只是不意……"

"我当然相信你是无心的，可是这不应当成为这样做的理由！"

看着坎贝儿先生涨红的脸，我嘟囔："这么点小事，不至于让你这么生气吧？"

坎贝儿先生越发激动："替别人着想、顾及和尊重别人，这是一个人最起码的修养，而修养正是体现在小事上。孩子，考取学位和谋得一个好的职位固然重要，但与人相处时的良好习惯和修养同样重要。如果说学位、职位代表一个人的身份的话，那么习惯和修养，就是人的第二身份，人们同样会以此去判断一个人。"

我不耐烦地听着，并随手拿起一本书胡乱翻起来。我觉得坎贝儿先生过于苛刻，这种事如果是在国内，还算是事吗？

晚上我躺在床上考虑良久，决定离开坎贝儿家。既然他们对我看不上眼，那我就找一户比较"宽容"的人家居住。

第二天我就向坎贝儿夫妇辞别，全然不顾他们极力挽留。然而接下来的事情却令我始料不及。

我一连走了五六户人家，他们竟然都以同样的问话接待我："听说你小便时不掀开马桶垫子？"那口气、那神情，那时我才意识到这在他们任何一个人看来都是一件不可思议的很严重的事情。可想而知，面对这样的问话，我只有满面羞愧地返身逃走。

至此，我才明白了坎贝儿先生说的“习惯和修养是人的第二身份”这句话。在人们眼里，我既是正在接受高等教育的中国留学生，也是一个浅陋、缺乏修养的人。

我一点也不怨坎贝儿夫妇把我的“不良习惯”到处传播，相反，陷入了如此困境，我对他们的怨气反而消失了，甚至还非常感激他们。如果没有他们，没有那段尴尬的经历，我不知道是否还是那样令人生厌地“不拘小节”，嘴上同样挂着难听的口头禅也未可知呢！

张君的故事讲完了，我却陷入了沉思，培养良好的生活习惯，这些本应在我们少年时代就该完成的课程，我们为什么要等到长大成人后来到异国他乡才能学会？甚至，如果张君没有遇到坎贝尔先生的话，可能一辈子都学不会！

我们的教育里，到底缺失了多少东西？

养成习惯，合于自然

人的天性大致是差不多的，但是在习惯方面却各有不同，习惯是慢慢养成的，在幼小的时候最容易养成，一旦养成之后，要想改变过来却还不很容易。例如说，清晨早起是一个好习惯，这也要从小时候养成，很多人从小就贪睡懒觉，一遇假日便要睡到日上三竿还高卧不起。

我们中国人最重礼，因为礼是行为的规范。礼要从家庭里做起。例如，为子弟者“出必告，反必面”，但这一点点对长辈的最起码的礼，我们是否已经每日做到了呢？

我看见有些孩子们早晨起来对父母视若无睹，晚上回到家如入无人之境，遇到长辈常常横眉冷目、不屑搭讪。这样的跋扈乖戾之气如果不早早地纠正过来，将来长大到社会服务，必将处处引起摩擦不受欢迎。我们不仅对长辈要恭敬有礼，对任何人都应维持相当的礼貌。

大声讲话，扰及他人的宁静，是一种不好的习惯。我们要随时随地为别人着想，维持公共的秩序，不可放纵自己。要知道依次排队，不可争先恐后地去乱挤。

我们的生命是一分一秒地在消耗着，每天有许多的零碎时间于不知不觉中浪费掉了。我们若能养成一种利用闲暇的习惯，一遇空闲，无论其多么短暂，都利用之做一点有益身心之事，则积少成多终必有成。

常听人讲过“消遣”二字，好像是时间太多无法打发的样子，其实人生短促极了，哪里会有多余的时间待人“消遣”？陆放翁有句云：“待饭未来还读书。”我知道有人就经常利用这“待饭未来”的时间读了不少的大书。

吃苦耐劳是我们这个民族的标志。所谓“嚼得菜根”，就是表示一个有志的人能耐得清寒。恶衣恶食，不足为耻，丰衣足食，不足为荣，这在个人之修养上是应有的认识。罗马帝国盛时的一位皇帝，Marcus Aurelius，他从小就摒绝一切享受，从来不参加当时风靡全国的诸如赛车、比武之类的娱乐活动，终其一生成为一位严肃的苦修派的哲学家，而且也建立了不朽的事功。这是很值得钦佩的。

“勿以善小而不为”，习惯养成之后，便毫无勉强，临事心平气和，顺理成章，这才是合于“自然”的生活。

6

Part

与命运赛跑，要有足够的速度

石头漂起，在于疾，在于势。人生亦是如此，当你必须要与命运赛跑时，只要有足够的速度和气势，就一定能赢。

与命运赛跑，要有足够的速度

石头怎样才能漂在水上？参加一个关于创新的培训时，主讲老师这样问。据说这是海尔集团总裁张瑞敏曾提出过的一个问题。

当时台下众说纷纭。有人说“把石头掏空”，有人说“把它放在木板上”，还有人说“在石头上拴个氢气球”。老师摇头。无人答得对。最后，老师给出答案：“速度，给石头足够的速度。”

仔细一想，确实如此。

这让我想起小时候在乡下的事来。村北有个水库，不大，常见白鹭和野鸭。我和小伙伴们常去那里玩，钓鱼、捕虾、摸田螺、捉螃蟹，最常玩的游戏就是比赛打水漂——拿一块石头，斜着身子，往水面抛出去。石头在水面上打滑，起伏几次后，才落入水中。谁的石头在水面上的触点多，谁就赢。

当时，我的好朋友虎子往往成为赢家。虽然他和我们的年龄都差不多大，但他个高，臂长，身体也结实。他抛出去的石头，像蜻蜓点水一样，三次甚至四次触水后，才坠入水中。而我，每次扔出的石头，只在水面起伏一次，就没入水中了。

虎子告诉我，要选择薄一点的，最好是瓦片一样的石头，抛的时候，掌握好姿势，身体向手握石头的那一侧倾斜，然后用最大的力气抛出去。用的劲越大，石头的速度越快，在水面上的触点就越多。我试了试，果然。遂对虎子大为佩服。

后来，我们渐渐长大，到县城的同一所高中读书。虎子的成绩很好。然而高三毕业临近高考时，虎子的父亲却因病突然去世，留下一屁股债务——他生前借钱开了一家面粉厂，因一次火灾事故倒闭。面对母亲哭泣无助的脸，虎子做了一个让人意想不到的决定，放弃高考，休学回家，赚钱还债。

他去了一个叫淄川的地方，在小煤窑下井。他的工作是从挖煤的最深处，往外拖煤。怎样拖呢？是用绳子，拉一个用汽车轮胎做成的类似筐的东西，叫作“拉拖”，膝盖和肩膀常常会磨出血来。很累，但工资高。

工作之余，别人打扑克，他看从家里带去的课本。

一年后，赚的钱足以偿还家里的债务。他离开煤窑，重又回校读书，并在当年考上了理想的大学。毕业后，留在城市，结婚，生子，生活美满幸福。

《孙子兵法》上说：“激水之疾，至于漂石者，势也。”石头漂起，在于疾，在于势。人生亦是如此，当你必须要与命运赛跑时，只要有足够的速度和气势，就一定能赢。

人生竞赛，拼的是终点

所谓的人生起跑点，就是人们的出生环境，含着金汤匙出生的人，比别人赢在了起跑点，但即使如此，却不能保证能够赢在终点，所以才有富不过三代等说法。赢在起跑点的人，不一定能够赢得人生最后的胜利，而输在起跑点的人，也有可能在人生这场马拉松里，赢得胜利。

输在起跑点的人，想赢在终点，就必须比其他人做更多事，付出更多，例如每天早起一小时阅读，就是赢在每天的起跑点上，当你能够每天都赢在起跑点，就有可能赢在终点。

每天赢在起跑点，是输掉人生起跑点的人获胜的唯一方法，出生贫穷的人，只有每天比别人做更多事、学习更多、付出更多，才有机会成为富有的人。只要养成早起的习惯，就能多赢一点，从结论来说，大概是在5点半，即使考虑了其他条件，但想更早于5点半起床，基本上是不可能的。

早上3点起床，像这样过度极端的早起生活状态，可能会造成“睡眠障碍”，所以并不建议。早起的习惯虽然看似是小事，但是如果每天都早起一小时，一年下来就比别人多利用了365个小时，累积久了，就能逐渐拉开与别人的差距。习惯，在后面推动着我们的人生。你每天的小习惯将决定你的人生。

养成好的习惯，也是让自己赢在每天的起跑点的另外一种方式。如果你目前遇到了重重困难，一定是你没有思考真正问题的所在，以至于无法克服。要让成功变得更容易，就要想办法让习惯成为自己的助力，有了好习惯，做事情就会变得更有效率也更容易。成功是一种习惯，相反的，失败也是一种习惯，人生就像是一场好习惯与坏习惯的心理战。

人生输在起跑点，其实没什么关系，因为你可能因为输在起跑点，而让你比别人有了多一点的企图心、毅力、决心……输在人生的起跑点，并不一定是坏事，有时候甚至是好事。你可能曾经大学联考考不好、学校能力分班时进入不好的班级、被老师盖上不良学生的印章、成绩常常拿不及格、在别人眼里总是一个失败者，但这些都没关系，重要的是你愿不愿意为了比别人赢在终点而努力，重要的是你有没有足够的决心努力学习，替自己赢在人生的终点。

我们常常听到人说要赢在起跑点，其实没有赢在起跑点也没关系，只要能够赢在终点，从哪里起跑根本一点也不重要，如果你无法赢在起跑点，那么就想办法让自己赢在终点！

丁丁的小格局

丁丁是一个做事很慢的人。她一次只能做一件事，而且进行得很慢很慢。

她喜欢在字的下面画出均匀而平直的直线。读书的时候，她能用红色和蓝色的圆珠笔，把笔记记得很好看。她有时候觉得自己是世界上最懂得红色之美的人。怎样将各种各样的红色和其他的颜色搭配成另一种颜色，怎样保证细的线坚挺笔直，一条线要画多宽多长才是好看的，这些实验总是令她心动不已。

爸爸妈妈以为她喜欢画画，就送她去学。可是她只会画直线，而且只喜欢红色。所以她无法按老师的要求，画出那些具有立体感的石膏像。后来甚至因为又要被送去画画，小小的她紧张得彻夜不眠。每次去的路上，她都浑身冒冷汗。头发冰冷地贴在额头上，她来不及慢慢伸手拂去，因为作为一个很慢的人，每时每刻要她忙的事情都显得太多了。

尽管她能用红色的笔写出最美的笔记，但是那却没有用处。她考试从来都考不好。

手工课上，大家可以做出小花、小动物，甚至是可以开合箱门的小冰箱。她只能把一块橡皮泥搓成一条。但那是完美的一条，从头到尾均匀细腻，没有凸起或凹陷，也没有裂缝。而最后一个步骤，是用一根塑料笔，擦掉那一条泥上最后的指纹。

无论别人怎样叹息，她暗地里总觉得是满意的。但那种满意也不得不藏起来。因为那完美的一条橡皮泥，比起小花、小动物和小冰箱来说，的确太简单了。

也曾有一位老师，赞叹说那是多么美丽的一条橡皮泥。她热情地说："丁丁，不如我们给它起个名字吧？"丁丁知道，她并不是真的喜欢它，她只是想结束这件事。而当她热情地拿起那条泥来端详，把新的指纹印上去时，丁丁心痛不已。同时也更加确认，她并不真的知道它美在哪里。

慢慢地生活，是不被允许的。在丁丁十岁时，她就知道了。

可想而知，工作以后的生活更加艰难。丁丁的细致和微小，只能刚好为她挣够生活所需，每个人都对她摇头叹息。那是非常艰难的日子。

直到那一天，她在垃圾箱边遇见了一位黯然神伤的主妇。那主妇倒掉了一整盘煮熟的苋菜，因为家人抱怨，每一口都吃到沙子。

苋菜虽然味道鲜美，却是很难洗的菜，它会时不时迸出硌牙的沙子。丁丁突然明白自己要做什么了。第二天，她洗好了一把苋菜，在那个垃圾箱边徘徊，她将它送给了那个主妇。"这个请拿去，我洗好了，这是绝对不会有沙子的苋菜。”丁丁眼睛里闪耀着令人信服的光彩，仿佛送出的是自己最爱惜的礼物。

后来那个主妇在垃圾箱边又找到了丁丁。她说：“上次的苋菜太好了！你怎么能洗得那样干净。可以再帮我洗一次吗？”

再后来那位主妇的朋友们也请丁丁帮自己洗苋菜。

苋菜的菜茎虽然看起来是完整光滑的一整根，但其实它并不光滑。即使是新鲜的苋菜，也会藏有非常细非常细的沙子。所以当人们在苋菜里吃出沙子时，只得吐掉整口的食物。此外，苋菜的菜茎上伸出许多嫩叶，要把那夹缝里的沙子洗干净，同时又不能掰坏嫩叶，就必须用只有一排软毛的婴儿牙刷帮忙。

苋菜的颜色非常神奇，翠绿色的边在深红色周围围成一圈形成叶子。菜茎坚挺修长，根部又回到偏紫的粉红。不管怎么煮，苋菜总是吐出美丽的红色，柔弱而多情。

“小孩子喜欢用它的汤拌饭，因为喜欢红色的米饭啊！可是洗不干净不禁感到很担心，有你帮忙真是太好了！”

如今丁丁有了一个电话，她终于能够收到礼貌而渴求的话语：“那个，请帮我洗洗我家新买的苋菜吧。再也不想吃都是沙子的苋菜了。除了你，实在没有人可以将它洗干净了。”

丁丁就这样得到了很多主顾。

每当将一棵棵苋菜洗得干干净净的时候，丁丁感到自己不再害羞，她的脸也不再忧愁苦闷，她可以挺起瘦弱的胸膛，捧着洗干净的苋菜，眼睛里闪耀着动人的光。

即使有许多人在丁丁的背后，用精美的手指点着她的后背说：“你，格局太小！”

即使世界这样放弃了丁丁。

只要她还拿着一把苋菜在认真清洗，就可以勇敢并骄傲地说：“我还没有放弃你哦，世界。”

孤独是她旅途的开始，也是完美的终点。是诅咒，也是祝福。

改变命运的纸条

他出生于德国菲尔特小镇。父亲是信奉正统犹太教的教师，有着相当不错的收入，童年的他过着舒适并且幸福的生活。

可是20世纪30年代的德国，注定是动荡的。他的幸福生活随着纳粹接管菲尔特镇而结束。德国开始疯狂地迫害犹太人，母亲果断地提出离开德国，躲开纳粹的纠缠。

远涉重洋，历经艰险，他跟随父母来到了美国纽约。几经波折他进入华盛顿中学学习，在往日那个小镇他可以随意去追求漂亮的女孩子，可在这个城市，他只是难民。他变得腼腆、自卑。

虽然成绩优异，但糟糕的经济条件最终迫使他离开全日制学校，一边打零工一边读夜校。

20岁的某天晚上，一封征兵信使他闻到了人生转折的味道。然而，真正进入军队，他才发现大兵生活枯燥乏味。

一天，他正在草地上休息，半梦半醒间，看见一辆吉普车突然来到营前，一个列兵跳下车，摆出一副不可思议的权威架势，高声对中校吼着："将军派我来谈，我们为什么要加入这场战争？"

他不知道列兵具体在说些什么，但这样自信自大的男人吸引了他。他在心里默念着：我也要成为那样的人。

晚上回到宿舍，他没像往常一样看书睡觉，而是向其他士兵打听那位列兵，得知列兵名叫克雷默尔。

他拿起笔战战兢兢开始写信，他知道这样做也许很冒昧，但是为了未来，他还是鼓起勇气写了起来。

第二天，他再三犹豫，还是给那位列兵递上一张他练习写了一夜的纸条："亲爱的克雷默尔先生，我能帮你做点什么吗？"

克雷默尔与他交谈了20分钟，发现眼前这个年轻人并非等闲之辈，"你有一副不同寻常的政治头脑。"第一次有人如此评价他，他非常吃惊。此后，克雷默尔决定培养他。

克雷默尔出生于一个反纳粹的富有家庭，做过律师，获得过两个博士学位，从家乡普鲁士逃出来，入了伍，受命到兵营作形势报告。克雷默尔把他从步兵营调出来，做了保林司令官的德语翻译；选拔他做占领地区的行政长官，为他进入反谍报机构铺平道路；还说服他战后进哈佛大学读书。

后来，他从哈佛大学毕业，被尼克松请去做总统国家安全事务助理。

从此，他一路顺风顺水，先后访问了中东、欧洲、亚洲等众多国家，结束了越南战争，改善了中美关系，获得了诺贝尔和平奖，走上事业的巅峰。

他就是亨利·艾尔弗雷德·基辛格。虽然他有更多影响世界的事迹，但是每次回忆曾经，他都会微笑着说：“就是那张冒昧的纸条，改变了我的命运。”

给自己机会，去攀登人生高峰

你为什么来北京?

决定来北京的最初，很多人问过我类似的问题。那时我想了很多种答案来面对不同人的提问，也选择了对某些人以沉默来回应。随着时间的流逝，我逐渐熟悉在这个城市生活的节奏与步伐之后，偶尔也会在夜深人静的时候问自己：你为什么来北京?

昨天，当夕阳的余晖笼罩着整个城市时，我拖着疲惫的身子在厨房里忙碌，为自己准备晚餐，一个人的晚餐，标准的三菜一汤。合租的室友在旁边洗衣服。各自忙着手里活儿的同时，我们间或地交谈几句。不痛不痒的聊谈，有一搭没一搭的你来我往。

她问了一句：“你为什么会来北京？”

我把很久以前准备的那套说辞翻出来：“北京机会多。选择也多。”

回答之后没有得到回应，我转身一看，室友早已离开。我微微一笑，专注手下的活儿。脑子里想着今天的红辣椒炒肉拍成图片发到朋友圈，应该不会再被认为是番茄炒鸡蛋吧!

很多时候，人们提出一个问题，期待你的回应来答疑解惑指点迷津，但更多时候，他们提出一个问题，仅仅只是为了完成一个自我追问自我思虑的过程。比如那位室友。

在这个城市里，每天都有人带着希望和憧憬兴奋而来，也有人满怀无奈和伤感黯然离去，更多的人依然在这个城市里奋斗与坚守，或是麻木不仁，或是按部就班，抑或是打了鸡血一般的激情满怀。无论在行为选择的背后掩藏的是什么样的心理状态，总归他们在这个城市的角落里演绎着自己悲欢离合的人生故事。

我相信，只要还在这个城市生活，不管是你，是我，还是她，不时，总会被人突然问一句："哎，你为什么来北京？"届时，你会怎么回答？

是如同那位合租的室友，在某一个波澜不惊的傍晚，企图对一个萍水相逢的人寻求答案，抑或是突然意兴阑珊地自我询问思量。也许，会如同曾经的我一般在午夜梦回之时迷茫前方路途。

不管处于哪一种状态，我坚定地相信，总有一天总会找到答案。就如同今天的我，独自一个人在这个城市生活九个月之后，找到了属于自己的答案：为了不失去对生活的热情。

在过去的九个月里，也幻想过倘若不曾来到北京，我的生活将如何继续？也许做着那份外表光鲜而实则无趣的国企工作，几年后无疑就是嫁为人妇、相夫教子，在那个我长大的小城里了此残生。最初，也觉得这样的结局没什么不好，至少很安全。安全得诱人，诱人得难以抗拒。就像是严冬寒雪里周末早上的热被窝，真想一直在里面舒舒服服地沉沦下去。

但是，被窝睡久了，就会觉得太无趣，时而想找本书来阅读，时而又想听首歌来欣赏，时而又觉得看部电影也不错，总之最后，你一定会离开那被窝，最终你当然会回归被窝的，但也许那是又一个夜晚的来临。

做不喜欢的工作，嫁不喜欢的人，偏安一居甘做井底之蛙，我的一生难道就这样下去？那时的境况，寥寥数语足以概括一生：“十年寒窗，学满毕业，偶有因缘，得入政企。工作勤恳，然天资平庸，不擅长袖善舞，终泯然于众人。韶华之年父母之命媒妁之言嫁为人妇，期年又迫于流言蜚语及双亲期盼身为人母，五十年锅碗瓢盆家长里短纷争不断，六十载心系子女百般算计千番教导肝肠寸断。年四十，丧考妣，再见无期；年五十，沦孤巢，多病缠身；年六十，儿女成家皆离左右；年七十，失侣无伴独来独往；后期年，此身亦殁，一生无功亦无过。”

生活固然是不完美甚至是平庸的。我也并非想要活得如何光鲜亮丽。当然，它也未必一世安稳甚至风波不断，但我想至少不能因为畏缩而抱憾终身。

追求安全及确定性是出自一种自身本能的反应。它对我们的吸引力如同地心吸引力一样无处不在。而我们的精彩恰好也在于地心引力的充斥其间。建成摩天大楼对峙苍穹，创造飞机与云比肩，发射脱离太阳系去更远的世界探索的旅行者号空间探测器……我们所有的发展，都是在抗拒，抗拒那些难以抗拒的东西。抗拒安全的诱惑，抗拒舒适的堕落，抗拒自我的本能。如果说追求安全是我们的天性，那么抗拒本能也同样是我们的天性。它们这对矛盾体无时无刻不在我们的内心里对抗，此消彼长。

我们已然习惯于生活在安全地带，被老师、父母、师长以及书本的汤勺喂大，习惯了去询问他们："请告诉我，那高原、深山及大地的背后是什么？"总是满足于他人的描绘，活在别人的言论中，而不再享有抗拒本能的权利。长久以往，我们不再新鲜，心中没有什么东西是原创的、清新的和明澈的。渐渐的，失去了对生活的热情。

遵循自己的想法，抗拒本能的安全，在尴尬的年龄放弃一切来到北京从头开始，给自己一个机会，给生活一个机会，是目前为止我做过的最勇敢的事情。

"如果最后我终将迫于生活的各种原因嫁于不爱的男子，那么可否让我在可以选择的时候一直安静地做自己喜欢的事情。"最初的勇气只是来源于这样的一种想法。觉得不做挣扎的人生太过于可怕，然由于对另一种人生的无法预见，让我胆怯，不敢选择。而当这条路终于被我走出来的时候，才发现很多事情根本没有想象中的那么艰难。

蔡康永有段话可以很好地诠释："15岁觉得游泳难，放弃游泳，到18岁遇到一个你喜欢的人约你去游泳，你只好说'我不会'。18岁觉得英文难，放弃英文，28岁出现了一个很棒但要会英文的工作，你只好说'我不会'。人生的前期，如果越嫌麻烦，越懒得学，后来就越可能错过让你动心的人和事，错过风景。"

不给自己设限，试一试又何妨呢？高山，若总不去攀登，那就永远只能是高山，终生仰望，若征服过，便成为你脚下的一方尘土。很多时候，生活就是这样，你给它机会，它才会给你风景。

诸多的朋友之中，有一位A姑娘，虽说不上特别的漂亮，但五官非常和谐，丢在人群堆里也是抢眼得很。家里经济条件也十分优渥，称为富二代也不嫌过分。周围的很多人认为这样的她，只要一直负责扮演公主的角色就足够，可是，很多时候却觉得她过得比任何人都更加的努力。凭借自己的能力考上国内一流的高校，在校期间参加了不少项目，都是些让人觉得又苦又累也不讨好的项目，她不仅做得很认真，还保持所有科目成绩无人能敌的高度。

我曾问过她："何必这么辛苦，你所拥有的，已经足以让其他人奋斗一生也未必能赶超。"当时她回答我："只是为了证明自己。即使不是某某的女儿，难道我就没有可以立足这个社会生活的能力了吗？"

她经常只身一人出国旅游，有次回来后告诉我，她决定要考取英国一所全球著名的学府进修博士课程。我知道那份工作，她曾经非常看中，为了获得领导和同事的认可，她付出了很多的努力和艰辛。问她是否考虑清楚，她说："世界太大了，我需要给自己机会，不断地去攀越，去发现，去尝试。我愿意死在前行的路上，而不是死守着一成不变的现在。"当她拿着高到变态的GRE和托福成绩，附上录取通知书放在我面前的时候，我的人生轨迹也因为她而悄然发生了转变。我们是同一天离开故乡的城市，她出国，而我来北京。

时常，我们会遇到一种生活状态：对生活失去热情，对什么都得过且过，没有追求，觉得空虚无聊且肤浅。这一切可能只是由于我们习惯于安逸的生活，沉溺于周末早上的热被窝，被我们本能的地心引力所束缚。我们要做的就是去尝试一些新的选择，去走一条看不见结局的路，去不断地学着给生活机会。

如果不曾在早晨毅然爬出温暖的被窝出去散步，你就没法体验到清晨第一缕阳光投射到人间的美丽。如果不曾在闲暇时出去旅行，你就不会欣赏到小河里流淌的溪水，感受到树林间习习的微风。

人生苦短，请去探索！一朵可爱的云彩、衬着蓝天的高山、春日里的一片绿叶、壮丽婉转的山谷、绚烂夺目的夕阳，或是一张动人的脸庞，一个温馨的片断。宫崎骏在他的电影里说："我始终相信，在这个世界上，一定有另一个自己，在做着我不敢做的事，在过着我想过的生活。” 其实，我们每个人就是另一个自己，只要我们愿意，就没有我们不敢做的事，就能过我们想过的生活。

请给生活机会，这样它才能赠予你风景！

目标再急，也请慢慢来

Cicy26岁的生日，也是她在北京独自打拼的第二年。想着她刚刚结束一场漫长的异地恋，我特地请了假从上海飞去陪她。简简单单的一桌菜，一个小小的蛋糕，两瓶红酒，两个人一直窝在沙发上聊到深夜。

“事业特别迷茫，感觉没什么成长空间，也看不到晋升机会。想辞职转型，但不知道自己想做什么适合什么。如果要转入陌生领域从头学习，又担心自己选错行业而后悔。”

“觉得自己很难再遇到合适的对的人。常常加班，几乎没有时间、精力谈恋爱经营一段感情。有时候甚至觉得自己要做好一辈子一个人过的打算了。”

“房租的涨幅比工资涨幅还快。好多好多琐碎事情和世俗压力不断积压。开始很担心爸妈的身体健康。”

“有时候真的感觉好累好累。特别是生病一个人深夜去医院看急诊的时候，开始怀疑自己的人生，质疑自己为什么要只身来一个陌生城市打拼。”

……

吐槽归吐槽，无奈归无奈。我俩也清楚地知道，宿醉后的第二天还是要打起精神来，还是要回到各自的生活轨道上，像陀螺一样运转。

我一头扎进厚厚的靠枕里："以前大人总提'中年危机'，瓶颈期压力大。可我们才20多岁呢，怎么就这么迷茫焦虑了？"Cicy说，这大概就是所谓的"四分之一人生危机"吧。

20多岁时经历的人生危机感，大概是说人生依旧拥有可能性却又不太吃得准自己是否能实现，不确定能否成为想要成为的人，还有没有足够年轻的资本去挥霍，去随心所欲。

我们慢慢会意识到，前面没有什么东西可以让自己依靠，因此不得不开始依靠自己。也意识到，再没有任何方向可以参照，也意味着必须摸索出属于自己的方向。无数次地想要按下人生的暂停键，停一停整顿一下糟糕的自己，却又身不由己被生活浪潮推着往前赶。

Cicy不止一次地说过，她特别佩服她的前任总监，35岁，两个小孩的妈妈。每天早上提前半小时来公司，处理邮件事务并开始安排一天的工作。即使是同时顶着几个项目的压力，也依旧保持优雅淡定，细致有条理地规划好行事历；即使是临时要给老板进行重点工作汇报，也从容不迫地泡上一杯绿茶，打开本子整理好思路，迅速列明报告提纲；即使被借调去处理全新领域的项目，也不急不躁，召集下属开会了解新领域的问题和项目的进展，有条不紊地推动新项目的落实。

最难能可贵的是，日理万机的总监还坚持每天给两个孩子用心做丰盛早餐，晚上回家给孩子洗澡，听两个娃娃发表“浴缸演说”，安顿好孩子睡觉之后开始看书，打点家里的花花草草，用水果烘干机、榨汁机、烤箱等等做些简单的健康零食，有时间的话还自己准备一份明日的午餐便当。

后来因为丈夫工作调动，Cicy的前任总监也便辞职一同去了美国。35岁的年纪，她申请了哥伦比亚大学的硕士，带着两个孩子，一边在学校念心理学硕士，一边在美国公益组织开始实习。

“为什么人家带着两个娃娃还能这么优雅淡定？为什么人家能从容不迫地安排好时间，有条有理？为什么人家有胆有识，对自己的人生有着清晰的规划？”我刚下飞机打开手机，便跳出Cicy的一连串语音消息。

说实话，Cicy的一连串问题我也回答不上，因为这也是我最困惑的地方。我也羡慕身边那些年长成功人士的优雅淡定，钦佩他们身上那种我学不来的从容不迫，厌恶自己的迷茫痛苦、慌里慌张。

也许，此时此刻所经历的“四分之一人生危机”，恰恰就是上天的用心安排，是每一个年轻人的人生必经阶段。

我们父母一辈人大多在20多岁的时候就已经完成了婚姻家庭和

事业的选择，也很快从一个懵懵懂懂的学生少年进入了稳定成人角色的过渡阶段。然而我们面临的情形和他们截然不同，城市化水平提高，教育程度也更普遍，原本成人期该做出的许多承诺和责任都被推迟了，而从青春期开始的、对于自身角色的探索期，则被持续拉长。

被拉长的探索期里，显著特征便是对未来的迷茫痛苦、频繁的变化、对人生可能性的种种未知。经历过这样的跌跌撞撞，才知道自己内心所向；经历过这样的迷茫不安，才会不断逼着自己前行，探索新领域新环境；经历过这样的窘迫尴尬，才耐得下性子沉淀积累，埋头前行。

记得Cicy的前任总监有一次回国后跟她吃饭，微笑着听完Cicy对于自我人生的怀疑和迷茫困惑，一如既往地优雅。

她告诉Cicy，“年轻人，不要急。你正在经历的痛苦迷茫也正是我曾经经历过的阶段。你要知道，那个时候的我也是不断挤时间上完有关时间管理、组织架构和领导力提升的课程，补充各种新技能，才能够慢慢掌控好自己的工作节奏，渐渐学会有条不紊地梳理工作的轻重缓急。”

对于大部分人而言，20几岁时个体的生活状态、角色身份一直是不稳定的、混乱的。只有慢慢接近三四十岁，向成熟期过渡的几年里，这种混乱、不稳定的状态才会得到缓解。而很多人在追溯自己20多岁的年华时，通常发现自己往往在那时做出一些对一生都会有持续影响的决定，比如伴侣的选择、事业道路的明确等等。

所以，这一时期的迷茫与纠结恰恰是宝贵的必经之路，不断尝试探索、跌跌撞撞、体验经历，才让我们在进入稳定不变的三四十岁之前，更清楚自己喜欢什么、不喜欢什么，从而为自己做出更好的决定，完成对爱、工作、世界和自我身份的认知。

任何人与事的成功都无法一蹴而就，每一阶段的抵达，身后都是一步一个脚印的积累。只要不急不躁，耐心努力，保持对新事物新领域探索的好奇，就是行进在成为更好自己的路上。

好好花心思打点自己的外形，慢慢改善自己的生活态度与求知欲，跟上新科技新技能的潮流，保持阅读与运动来丰富自己的内在。要相信，你所向往的优雅从容终将如期而至。男神女神所拥有的一切，你也终将得到。慢慢来，请别急，生活终将为你备好所有的答案。

所有的经历都是财富，包括弯路

16岁的他年少轻狂，目空一切，常在学校惹是生非，父亲为此没少批评他。为了让他彻底和那些小混混断绝联系，父亲连给他换了三个学校，但这些都无济于事。

有一天，父亲从一个在货轮上做水手的朋友口中得知，朋友将从墨西哥启航，横穿大西洋，前往欧洲和非洲。父亲便请求水手带上他不争气的儿子去闯世界，改改劣性。

起初，叛逆的他并不服从父亲的安排，他舍不得他的狐朋狗友。父亲劝道，我不要求你能学会什么，或者挣多少钱回来，你花两年时间去外面看看这个世界就好，就当去闲逛。在父亲苦口婆心地劝说下，遥远的地方勾起了他探索的欲望，他最终搭乘父亲朋友的货轮离开了家乡。

在横渡大西洋的时候，浩瀚的大海和美得让人窒息的星罗棋布的小岛，让他对自然充满了迷恋。在遭遇暴风雨时，水手和巨浪抗争的画面，让他对生命的渺小有了切身的感悟。

到了欧洲和非洲，上层社会的奢靡浮华和下层社会的贫穷苦难，两种截然不同的社会现象，让他对底层民众产生了难以割舍地悲悯之心，对人生有了新的思考。

经过两年的游历，他的眼界开阔了，也懂得了父亲的良苦用心。他为自己当年没能理解父亲，无所事事白白浪费了两年时间而悔恨不已。

回到墨西哥，他已经18岁了。他像换了一个人似的，一踩上美洲大陆便立即投入到繁重的课业学习之中。不久，他顺利进入伊比利亚美洲大学，主修通信专业。在大学，他学习非常刻苦，一心想用他的刻苦来弥补那浪费掉的十六十七岁。

然而令他没想到的是，很多年后，当他从电台DJ转型要做导演时，那“浪费”掉的两年居然帮了他大忙。

由于两年游历世界各地的经历，他的电影创作在画面上充满了世界主义式的大气和对自然的敬畏色彩，内容上把视角一直都放在感受人类苦难和折磨上。例如《通天塔》一片，故事发生在四个国家，三个大陆，画面极其优美，内容却细腻而富有情感；《荒野猎人》采用国家地理频道的标准和方法，完全用自然光拍摄，看上去是一部冒险片，却又极富精神内涵。

他的与众不同使他从高手如云的好莱坞导演中脱颖而出，连续获得2015年和2016年两届奥斯卡金像奖最佳导演奖。他就是奥斯卡影帝制造者，亚利桑德罗・冈萨雷斯・伊纳里多。

有人曾问冈萨雷斯为何能拍出与众不同的电影，冈萨雷斯不无感慨地说，如果没有那“浪费掉”的十六十七岁和那些年的漂泊生活给我的特殊感悟，或许人们会看到另外一个冈萨雷斯。

其实，人生的所有经历都是财富，那些最初所走的弯路看似无用，却可能是你最终磅礴入海的原动力。

为了成功，给自己一个缓冲

6月里，小瓦在筹划毕业后去新西兰打工。

去年此时，大三在读生小瓦应征到我们公司实习。这是小瓦打的第三份工。之前，她在麦当劳做过服务生，在Nike专卖店做过兼职销售员。

小瓦大学学的是金融专业，可她对金融不感兴趣。有段时间，她发现自己适合做销售员，可是，一段时间后，小瓦又觉得自己对公关有兴趣，为此，她应征来我们公司市场部工作。

一年时间倏忽而去，小瓦在公司里学得不少实战经验，但小瓦有软肋，虽然大三时已经通过CET6，可英文口语水平却达不到非常流利的程度，这是做公关很致命的弱点。

思前想后，小瓦决定毕业后不马上就业，而是给自己两年时间“间隔”当前的生活，去新西兰边旅行边工作。

小瓦考了雅思，申请了打工度假签证，在背包客网上申请到一份果园农场的工作。新西兰之行，小瓦心中揣着三个目标：锻炼自己的生存能力、练好英文口语及想清楚自己未来的职业方向。

小瓦的间隔年，选择在学业结束走上工作岗位之间，为的是能让自己以成熟稳健的姿态迈入职场。

安兰是30岁那年来到上海的。之前，安兰在家乡小城工作，老公在上海工作，两个人是标准的异地恋加周末夫妻。

儿子出生后，安兰老公动员安兰迁往上海，一家团聚。其实，早几年，安兰就生了来上海的念头，只不过，安兰在小城里有份安稳工作，又思忖大都市竞争厉害，怕一时找不到合适工作，左思右想，来上海的计划就一拖再拖。

眼下，老公恨不能天天见到儿子，安兰想夫妻长久分离也是个问题，于是，和老公商量，能不能给她两年时间来熟悉上海，认识上海，兼着照顾孩子。

安兰来到上海后，报名参加了会计师职称考试业余培训班，同时在一家私营企业找了份兼职会计的工作，一边照顾孩子一边充电一边了解上海，又通过培训班认识了不少同学，结交了上海朋友，虽然在异乡，生活圈子倒也不寂寞。

一年半后，安兰被我们公司录取为全职财务人员，孩子也就近上了幼儿园。现在的安兰，家庭和工作都安排得妥妥当当。

安兰的间隔年，选择在旧环境与新环境交替之间，为的是给自己一个充分融入新环境的心理过渡期。

罗莎来交辞职信时，我吃了一大惊。罗莎是部门经理，收入不菲，我以为是猎头挖了墙角，她却摇头说：不，是我自己给自己放了假。

罗莎之前在工作上投入很多，平日里加班加点是常事，周末只能宅在家里补觉休息。很多年都这么过来了，罗莎觉得自己对生活渐渐失了激情，每天像个机器似的重复工作，她实在是有些倦了。

有一天，她看到一本书，题目叫《有些事现在不做，一辈子都不会做了》。这本书给罗莎带来很大震撼，她说她不想让梦想被忙碌的工作所搁浅，所以，她决定给自己一年间隔期限，现在，她要利用这一年时间来放慢脚步，完成心中的很多愿望。

她向往西藏，她在西藏某客栈找了份兼职工作，准备在那里度过一个夏季。之后，她希望可以去大理住一段日子，顺便去洋人街学学调酒，当然，她还想学古琴、学插花、学画油画……

罗莎选择间隔年，实则是她给自己安排的职业调整，为的是给自己一个整理心情重拾工作激情的缓冲机会。

显一回本事，去温酒斩华雄

被人当成了三脚猫是不？被领导与同事看成了窝囊废是不？搞一桶酒去，拿一把刀来，这回不砍几个脑壳，你的声誉挽不回来。拿酒来，拿刀来。又教拿酒，又教拿刀，我不是教兄弟当二愣子，去仗酒逞英雄；我想怂恿兄弟的是，你得显一回本事，去温酒斩华雄。

你的能力也被袁术这么怀疑过吗？想来，没关羽这样难堪吧？是骡子是马，拉出来遛遛嘛。关羽就是这样，在众人一片狐疑脸色里，挺身而出，挂刀出征。曹操要他先喝杯酒，壮壮胆，关羽摆了摆手："酒且斟下，某去便来。"未几，"云长提华雄之头，掷于地上"。嘿嘿，"其酒尚温"呢。

兄弟，你现在处境难堪，领导与同事都怀疑你没水平没能力，那是因为你不曾干出一件漂亮的事来。有华雄来挑战，兄弟毛遂自荐，站出来大呼"小将愿往"。三下五除二，把事情做得干净利落，谁还怀疑你能力差？少去管别人脸色，多长自己本事。你有本事，得显出来；暂没本事，得潜修出来。本事有了，别人怀疑你的水平是暂时的，佩服你的能力是长久的。

我不怀疑兄弟的能力，我最担心的是兄弟同事，帮了人家一点忙，便到处显摆，没好结局啊。说的是许攸，他本袁绍帐下谋士，其家人因犯法而被收捕，他背袁投曹。曹操听说许攸投奔，裤带没系，赶紧出迎。许攸有智有谋，官渡之战，战事正酣，胜败胶着。关键环节，许攸献策："现在袁军有粮食存于乌巢，虽然有士兵，但无防备，只要派轻兵急袭乌巢，烧其粮草，不过三天，袁军自己败亡。"

曹操听从许攸计，奇袭袁绍乌巢，大胜。关键时刻，许攸帮了曹操，避免失误。这许攸啊，却是个爱显摆的主，帮了人家一点忙，便逢人就夸耀，"许攸纵马近前，以鞭指城门而呼操曰：'阿瞒，汝不得我，安得入此门？'"

阿瞒是曹操的小名。这也是许攸喊的？在办公室，许攸偏偏这么喊，使曹操难堪。曹操何以应对？曹操此时权力甚大，若下令斩了许攸，曹操一口气定然解了，可是这还是曹操吗？曹操反应是，"操大笑"。

我不怀疑兄弟，却担心许攸。许攸略略帮了人，便贬人以自褒。凶。"一日，许褚走马入东门，正迎许攸，攸唤褚曰：'汝等无我，安能出入此门乎？'"许褚没曹操的好胸襟，"褚大怒，拔剑杀攸"。来见曹操，曹操是很会做人的，骂了许褚一顿饱的，再做顺水人情，"令厚葬许攸"。

我们应学曹操者，人有水平，你要倒屣相迎；他有点毛病，你可“操大笑”；或他被人陷害，兄弟得去厚待他。许攸是有小毛病，但也有大智谋，兄弟前途上依然会有很多关键环节，还得靠许攸来帮助你。

拼尽全力，才有温暖的人

我们画室有一名特殊的学生，在大家只有17岁的时候，他已经26岁了。所有的人都在准备美术高考，他也在准备，据说，这已经是第九年了。

在那段黑白岁月里，大家都在忙自己的事，没有人会真的留心他每一次的失败。只是，他曾经在墙上画了一幅画。所有的人都以为那是一幅残破的画，觉得不甚美观，伸手想揪着破损处撕掉，却发现自己抠到了墙皮。

那天老师来得比较晚，他到画室后巡视了一圈，然后生气了，因为那幅画。

“昨天的值日生是谁？怎么这里还有个烂……”他在抬起手摁住墙的一瞬间愣住了，手指放在上面很久没有拿下来，再回过头的时候，老师目光直视着他，说：“钟霄，别再考了！我聘你当画室老师，做我的副手。”

全班哗然，目光齐刷刷地盯着他。他没有回答，依然专注地挥舞着手里的画笔。谁都知道他要考全国最好的美术学院，很多人劝过他：“别这么驴脾气，降低一点标准吧。”

但他不肯将就。

时间很快过去了，美术高考前夕，画室里几乎没有人说话，只听得见笔划过纸面时的沙沙声。

忽然有一位同学喊道：“钟霄，外面有人找你。”

那是一位老人，头发几乎全白了，脸晒得土黄，穿着一身普蓝色的衣服，背着一个布兜。看见钟霄出来了，老人脸上浮现出一丝笑容，犹如点了一盏灯。

他们站在画室门口，说了很长时间的话。待他回来后，我问他：“那是你爷爷？”他面无表情地说：“是我爸。他知道我明天要考试，给我送从庙里求来的馒头，说是吃了能耳聪目明，一准儿能考上大学。”当我转身拿铅笔时，发现他正在默默地流泪。

后来，没人想得到，他坚持了九年，却在第九年的时候放弃了。画室的老师很守诺言，果然让他做了老师，带基础班的孩子。

多年后，再去看望他时，他发福了，似乎长高了一些，气色也好了很多，很像一个事业有成的人，他邀请我去画室里看一看。他站在一片彩绘前对着我笑，既像从前那个执着的青年，又像一个全新的人。

“我现在可厉害了，虽然没有考上那所美院，可美院现在会聘请我讲课，也值了……”他也不似从前那样寡言，谈起自己的事业，开始滔滔不绝。

走的时候我发现一幅残破的画，走近一看，我笑了，又是他的恶作剧，让人误以为是贴上去的。画旁边，有那么一个真人比例大小的彩绘，是一个蓝色的阿凡达。他手持长矛，满脸警戒的神情，忠心耿耿地守护着他们的潘多拉星球。

只要留心，所有问题不是问题

导师给我一组地址，要把对应的坐标定位找出来，对我说：“你现在有时间就要开始做，挺复杂的，尽量两周内完成。”

我打开他给的表格，是西安市所有老年人日间照料中心的地址。我想，不就是地址反向查坐标么，只是数量有点多。

向学长请教有没有批量处理的方法，学长充满同情地给我讲了“快一点的方法”，然后说：“这样比较快。虽然数据比较多，你不用着急，实在做不完可以跟老师说说往后推迟。”

想到一个朋友比较擅长数据处理，请他帮忙看看。他说得自己写一个程序，因为地址表达不规范，还要花不少时间。

挂掉电话，我吸了一口冷气，继续划拉着手机的通讯录，找谁能帮我出个主意。一直到晚上，我问的人都说不会，他们的各种说法反而让我越来越觉得，我两周时间不吃不喝也完不成这个表格。

晚上做梦都在想怎么办。第二天早早起床，坐在电脑前，打开表格，打开网页，用我知道的最常规的方法批量查询经纬度，查不到的再单个查询。没想到，用最原始最笨的办法，两三个小时之后，完成了一半。

悬在我心里不能安睡的、大家说两周都不一定做得完的事情，真正做起来，不过是半天的工作量。

今年春天，闺蜜小C一直纠结，诉苦说完成她的博士论文要读懂相对论。

她跟我说的时候，我第一反应是："世界上不是只有12个人能读懂相对论吗？那你这是要成为第13个才能博士毕业？"

小C给我解释相对论有广义和狭义之分，我听完还是感慨好难，建议她找导师商量商量怎么办。

小C说找过导师了，导师说了颇有道理的一句话："如果一件事情你明知道自己能做成还要去做，那不就是浪费时间吗？"

导师的话让小C更担心了。后来确实有一段时间，她每天焦虑不堪，甚至失眠，总感觉自己这辈子都不能毕业了。可是半年之后，所有的问题迎刃而解："并没有想象中的那么难，只是'相对论'三个字吓到我了。"

生活中很多事情，大概也都是这样。

我们习惯在意识里增大问题的难度，甚至觉得不可能完成。于是总在心里琢磨着最坏的结果，因为害怕这最坏的结局，焦虑不堪，影响了自己的执行力和解决问题的决心，甚至止步不前或者直接放弃。

殊不知，一旦自己努力尝试，就会发现所有摆在眼前的任务，并没有那么难以完成，也没有在我们的能力范围之外。

《老友记》里有一集：菲比从小都羡慕邻居家女孩有一辆粉色自行车，而自己只有一个画着车轮的大纸箱。罗斯知道后送了菲比一辆她描述的梦想中的自行车。菲比不会骑也怕自己学不会，把自行车放到卧室里，一直没骑。被发现之后，被逼着学骑自行车。菲比骑上自行车绕圈圈，跟大家强调一定要有人扶着。在以为有人扶的时候，菲比一个人骑得得意。当她发现没有人扶时，立刻摔倒在地。

这是典型的因为害怕而怀疑自己不能完成某件事。

你有没有碰到这样的情况：自动提高某件事的难度系数，自以为根本无法完成？

以为工作上的一点小失误会被领导记在心里，会影响你的职业发展，然后像《一个小职员之死》里面的小职员一样焦虑？事实上，也许领导根本就没有在意。

以为自己不够优秀，碰到心爱的女孩，觉得不能给她想要的生活，思来想去觉得飞蛾扑火还不如知难而退？她正好喜欢你也说不一定呢。

以为自己从小运动细胞不好，总觉得跑十公里对你来说简直就是在讲笑话？事实上有很多人40岁以后才开始慢跑，从运动小白开始，坚持几年之后甚至可以跑全程马拉松。

在困难面前，我们不知不觉就带了放大镜，甚至显微镜去看问题。其实，如果尝试和眼前的问题拼搏一番，就会发现，所有的问题，不过如此。

朋友看到我写了这么多文章，嘴巴张成了O型：这要多努力才可以写这么多呀？

我告诉他只要不是太忙，一天写两个小时，就是看一期综艺节目或者两三集电视剧的时间。写了这几个月，就像追了一部剧一样。

他又问我，那要经历过多少事、认识多少人、听过多少故事才能有这么多感悟？

其实不需要经历什么，我波澜不惊地一路直线走到今天，没什么特殊经历。尤其是现在做学生，过着简单而规律的生活，像白开水一样，我的生活并没有比别人有更多的颜色和味道，只是处处留心，这白开水便有了温度。

所有的问题，都抵不过“留心”。只要用心去做，静下心来，像钟表的指针一样，一点点挪动，最终总会画成一个又一个完美的圆。

记得小学老师讲过农夫和青蛙的故事：一个农夫住在池塘边上，此起彼伏的蛙叫声，吵得他天天晚上睡不好觉。农夫认为池塘里至少有几百只青蛙，苦恼极了。后来他实在忍受不了去捕捉池塘里的青蛙时，才发现那几百只青蛙，不过是两只。

生活中我们都像是这个农夫，会把眼前的问题无限放大，以为自己没有解决问题的能力。我们感觉好像有几百只青蛙在我们耳边吵闹一样，焦虑而烦恼，又无能为力。

其实大多数的无助，是我们强加给自己的。我们觉得辗转反侧——那可是几百只青蛙呀。事实上，当我们一点一点用行动去解决问题时，就会发现，昨天晚上惊扰了我们安睡的，只是两只青蛙而已——所有的问题，不过如此。

做全才，不如做专才

“万金油”，顾名思义，就是哪儿都能用得上，可是搁哪儿都派不上大用场。放到职场中，“万金油”形容的是这样一类人，有的属于什么都会，可什么都只会一点儿；有的在被动的情况下被当成了“全才”；还有的看似就业面选择广，什么都能干，却往往找不准自己最适合的……

非专业工作，让能人“不能”

小孟是外国语大学毕业的，所学专业是涉外经济学，如今在一家私企做行政文员，平时也接触到一些财务方面的工作。大家都知道小孟是外国语大学毕业的，所以日常工作中遇到一些与英文相关的工作，都要找他帮忙。“偶尔翻译一些东西，我还能应付，可如果翻译正式资料，我就不行了。”有一次，部门经理传来一份PPT文件，让小孟帮忙翻译成英文，让他特别为难。小孟边跟经理解释边反复强调自己并不是英语专业的。结果，部门经理只说了一句：“你不是外国语大学毕业的吗？查查字典，学‘涉外经济’的这点事还不能解决吗？”就这样，把翻译PPT的工作硬塞给了小孟。没办法，小孟只好找到语言专业的同学帮自己翻译，还找了相关专业的老师把关。

小孟任务完成得不错，部门经理很满意，夸他“外国语大学毕业的学生就是不一样”，可是这让小孟很不安。从那次开始，只要有关于英语方面的问题，部门经理都找他解决。“做好了上司很高兴；做不好，上司就会认为我学艺不精，烂泥扶不上墙。”

有一次，部门经理让小孟提前替他去接待外宾，小孟再次解释“英语”不是自己的强项，同时还说自己有工作没做完，可部门经理却让他把工作交给同事，还一再强调“这里就你是外国语大学毕业的”，小孟只好硬着头皮去了。结果，小孟说的对方不懂，对方说的小孟不理解。事后，部门经理批评小孟：“英语专业不精，不求上进可不行。”可当小孟再次强调“自己不是英语专业”时，部门经理却反问：“那你不是‘涉外’吗？都学了什么呢？”部门经理的话让小孟哭笑不得，同时又有些尴尬。“我现在除了做本职工作外，还做起了‘翻译’，做不好就要挨批。”小孟无奈地说，“上司认为我什么都能做，可有些工作我真的是做不来。”

什么都能做，未必是好事

在职场中，还有一种“万金油”指的是所学专业看似没有限制，在很多行业都吃得开，却往往不知道哪个才是最适合自己的。

“大学毕业的时候，因为专业针对性不强，我的择业面比其他专业的同学多很多，本来还觉得是个优势，毕竟选择机会多了，可没想到反而成了我的困扰。”学文秘专业的庄婷郁闷地说。

庄婷的专业水平不错，大学期间去很多公司实习过，毕业时，她选择了在上学期间有过实习经历的那家外企。

然而，那家外企虽然在业内小有名气，可是给新人的机会并不多，庄婷觉得自己再待下去收获也不会很大。试用期还没过，她就找到了新工作，在一家知名的旅行社办理旅游及游学项目，工作还算满意。可做了不到一年，庄婷又有了跳槽的想法，原因是“跟上司很难打交道”。

离职不久，庄婷又去了一家企业做公关。安定了没多久，她又有了新烦恼，因为工作地点在北京，竞争压力大的生活开始让她非常想念山东老家，可这一回到底要不要离开，离开了选择哪里，庄婷举棋不定了。“多尝试一下我以为更能了解自己适合什么，谁知道却更茫然了。拿着这个看似什么行业都能进的专业，我反而不知道该选哪个了。”

做“全才”不如做专才

“工作做得杂或频繁跳槽造成的结果是什么都懂一点，但做什么都不到位。如果没有在一个岗位上有多年的积累，是无法在行业或专业上有很好的发展的。”天津某人才测评公司总经理王惠颖说，“要先做‘专才’再做‘全才’。”职场“万金油”型的人物是竞争力不强的一个群体，因为“每个人的精力和能力有限，必须清晰地明确自己的目标和努力的方向”。

对职场人来说，拥有一项专业特长或是与众不同的专业技能，更能得到企业认可，让自己拥有不可替代的位置。

赞美的力量

1909年，风度优雅的布洛亲王是德国的总理大臣，而这个时期，正是傲慢自大的威廉二世做德国皇帝。威廉1859年1月27日出生于柏林，是威廉一世的长孙，腓特烈三世和维多利亚皇后的长子。由于出生时发生臀位生产，他患上了臂丛神经产伤，以至左臂萎缩。为弥补这一生理缺陷，威廉自幼接受严格的军事训练，不仅练成了高超的马术，也养成了桀骜不驯、狂妄自大的性格。

这位不可一世的皇帝，从仅仅当了99天皇帝的父亲手里接过皇帝之位以后，建立了一支雄武强大的海军和陆军，他自大地相信，他的这支军队可以战胜任何一个国家的军队，甚至可以征服全世界。

像这样狂妄的话，在自己国内说说也就算了，不会有人介意。但是，狂傲的威廉二世在访问英国的时候，口出狂言，他宣称自己是唯一一个对英国友好的德国人；他声明他建立的强大的海军是为了对付来自日本的威胁；他断言是他独自一人挽救了英国，使英国免遭苏联和法国的侵略；他还公然说，正是由于他的精心策划，才使英国在南非打败了波尔人。他还狂傲地让英国和欧洲人都感谢他，因为正是由于他建立了强大的德国军队，欧洲才获得安全。

经历了一百多年和平时期的欧洲，从来没有一个欧洲君主这样大放厥词。这些令人难以置信的狂言，立刻通过媒体的传播震撼了整个英国和欧洲大陆。更为糟糕的是，这位德国皇帝竟然是在别的国家讲这些愚蠢自大、荒谬无理的话，而且他公然要求伦敦的《每日电讯报》全文刊登他所说的这些荒谬之词。

不仅是英国感到这是奇耻大辱，欧洲其他各国也都愤怒起来。他们无法接受德国皇帝把自己打扮成欧洲救世主的角色，各种尖锐、激烈的谴责声连绵不断，这使德国的政治家惊恐万分。

面对这种空前的舆论围剿，德国皇帝自己也感到事态严重，有些慌张了。他向身为德国总理大臣的布洛亲王暗示，由布洛亲王来承担一切责难，希望布洛亲王宣布这全是他的责任，是他建议君王说出了这些令人莫名其妙的话。

也只有威廉二世才能够想出这样的办法，布洛亲王没有考虑就反对说："但是，陛下，这对我来说，几乎不可能的。全德国和英国，没有人会相信我有权力建议陛下说出这些话来。"

布洛亲王话一说出口，就立刻明白自己犯了大错，凭他对皇帝个性的了解，这样的话只能激怒皇帝。果然，皇帝立刻勃然大怒，大为恼火地指责他："你认为我是一个蠢人，只会做那些你都不会做的错事吗？"

布洛亲王明白自己的言语方式犯了错误，他应该先恭维皇帝几句，然后再委婉地提出善意的批评，然后再为皇帝想解决的办法。他说：“我绝没有这种意思，陛下在许多方面皆胜于我，尤其是自然科学方面。在陛下解释晴雨计或是无线电报的时候，我经常是注意倾听，内心十分佩服，并自惭形秽，因为我对自然科学的每一门皆茫然无知，对物理学或化学毫无概念，甚至连解释最简单的自然现象的能力也没有。”布洛亲王继续说，“但是，为了补偿这方面的缺点，我学习了某些历史知识，以及一些可能在政治上，特别是外交上有帮助的知识。”

听了这些赞扬自己的话以后，皇帝脸上露出了微笑，暂时忘记了亲王刚才对自己的不敬。他说：“我不是经常告诉你，我们两人互补长短，就可闻名于世吗？我们应该团结在一起！”

从来都狂傲不可一世的威廉二世，平生第一次主动上前紧紧握住布洛亲王的手，十分激动地说：“如果任何人对我说布洛亲王的坏话，我就一拳头打在他的鼻子上。”

即将爆发的愤怒因为一段赞美的话风平浪静了，即使狂傲如德皇威廉二世也因为别人的赞美而低下了头。而且，两人因此而增加了友谊和信任，此后的很多年，威廉二世始终重用布洛为自己的总理大臣。